乘著光的翅膀

陳零 著

Dance
like there’s no one watching
跳舞吧！猶如沒有人欣賞一樣；

Sing
like no one’s listenimg
歌唱吧！猶如沒有人聆聽一樣；

Love
like you’ve never been hurt
去愛吧！猶如沒有受過傷害一樣；

and live
like it’s heaven on earth
好好生活吧！猶如天堂就在人間！

Mark Twain
馬克吐溫

這趟旅行，
我選擇了一個人跡罕至、一般人不會到達的地方，
沿途的百般風景在我心頭繚繞。

自序

時代不斷演變，社會日趨開放，道德標準鬆動，性禁忌已被打破，國中生仿效成人談起正式戀愛、高中援交妹、大學應召女生、女大學生進駐二奶村、大學生擔任人體模特兒，侃侃而談與攝影師翻雲覆雨的淋漓經驗……，早前視為驚世駭俗之行為層出不窮、時有所聞，我們不禁想知道為什麼？

現代人充份享受的自由是解救還是放縱？是載舟抑或覆舟？

我只是真實地描繪一個社會現象，讓讀者看這裡的每一個男人和每一個女子，每一個來到這裡的男人都是再也平凡不過的人，無論他們是政府官員、立委、大老闆或是任何領域的成功人士，在這裡都必須把自己呈現出來，面對最原始的自己。

如果說心理醫生在現今動盪的社會占有重要的位置——一座疏導的橋樑，那這許許多多從不發聲更無可能站在陽光下的女子，最直接地面對並接納這形形色色光怪陸離的男子，在這些脆弱無助卻逞強的男人面前扮演著什麼樣的角色？在他們的心裡又留下些什麼呢？她們是否蒙蔽了心靈，移動著沒有靈魂的軀殼呢？這些必須永遠掩著面、活在陰暗角落的女子有朝一日能看見藍天嗎？

這是一個朋友的故事，大部分根據真實，以第一人稱敘述期能貼近主人翁的心靈，抒放她的靈魂。

目次

有一回我到朋友家中，她兩歲多的女兒正在午睡，「她一定要這樣睡。」那稚嫩的臉正酣眠於椅墊翻起搭築的「城堡」中，她領我入房，指著衣櫃旁角落的大紙箱：「有時她也會睡在裡面。」

我怵然一驚，此刻的我不正是那個在箱中的小女孩嗎？

朋友的先生好賭，家和公司都由她一人撐起，孩子雖不懂父母的爭執，但藉著紙箱中尋求安全感；而飽經世事的我，也希望永遠是那個十三歲前天真、快樂的小女孩。

放逐自我，得到的快樂是飄浮的，真實面對自己，何等不堪也終將過去，謹以此書獻給走過相同道路和正在這條路上的妳們。

01 天使之戀

上課鐘響才坐定，遠離了老師同學，獨自走向洗手間。隱約傳來朗朗讀書聲和水箱窸窣的流水聲，我緩緩走著，有的門內紙張滿天飛舞，有的狼籍一片不忍目睹，我靜靜地等待屬於自己的空間。

腳步落下，推開門，門栓咿呀地一聲，裡頭空無一人，回過身仍然是白色的靜默，關上門，鎖條一端螺絲脫落了，另一個螺絲懶懶地垂掛著，在這微小的空間裡我用力拉緊門把，焦急地舒緩腹部的疼痛，門外巨大的沉靜和我僅隔一扇脆弱、不堪一擊的門……。

汗濕了衣衫，時鐘指針停在三點鐘，深呼了口氣，相同的夢境重複著，正當有人猛力敲門，這道門再也不能庇護時，我驚惶張眼，原來還是夢……。

喧鬧的池邊，銀鈴般孩童聲細細碎碎沿路飄灑，初夏的園中綠草菁菁繁花似錦，夕陽薰染天際一抹抹橙紅藍紫水彩，微暈的路燈映著寂靜，我踩在無人小徑彷彿翻閱一頁頁微黃的相片，每一步履、每一足跡都清晰深邃，近在眼前伸手觸摸卻又成幻影。快速道路車如水流，那戴著草帽、腦後紮個馬尾踩著飛輪的輕快身影，龍頭瀟灑一彎，柵欄大門裡等待的眼眸紛碎成相片上的裂痕。我默然回首獨行，跳上公車往公館駛去。

金石堂書店永遠有愛書人流連，我選了本書靠在牆邊。

「嗨，妳好。」我抬起頭，鏡片後一雙誠懇的眼睛，我笑著看他站在面前，他穿著白底淡紫條紋襯衣、淺灰卡其褲，淡淡古龍水香味，神采奕奕地。

「伯父伯母都好嗎？」他抬抬眼鏡，我點點頭。

「慢慢看，我去忙了。」他拿了一疊書快步離去。

「少女的祈禱」音樂響起，我們各拎了提袋並行在巷子裡，仍然是那純摯的眼神，雕刻精細的輪廓令我不忍將視線移轉，好久沒見，一天竟然遇上兩次，非凡的安排悄然降臨，很巧妙，他忍不住笑。

「功課準備得還好？」那美好的側影轉頭輕點，一份細緻微妙的感覺怦然直襲心底，半晌，泛熱揉合紅暈染上我的面頰，那未曾停歇的目光迷眩了夜色。

兩年軍中生涯體驗，臂膀堅實了，深色的皮膚讓昔日略顯文弱的偉蛻變更為健朗，性格成熟穩定，選擇重新拾起書本是實現自我理想，也希望達成家人期盼。

「加油！」我微笑揮揮手，他關了樓梯間的燈，從二樓窗口望過來，慢慢地走向五樓。

媽朝對面努努嘴，笑著遞過話筒。

「嗨，是我。」聽到他磁性溫柔的嗓音，精神一振。

「不知道妳有沒有空，能不能一起去看電影？」

「那我問一下我男朋友。」我盡量保持平常的語調。

「什麼電影？時間地點啊？」我按捺住笑扭著電話線，想像他哭笑不得的神情。

「星期六日不能休假，星期五好嗎？是奧斯卡入圍影片《慾望之翼》，我看過劇評還不錯，我想女孩子比較偏好文藝片，可以嗎？」像在書店立在我面前，中規中矩地等待答案。

「嗯，禮拜五見！」我打開衣櫥瀏覽，心蹦蹦跳著，竟有幾絲十七八歲情懷。

「啊——？」

我該往何處去，那兒才是我的歸途？浸在滾燙水中才能感覺存在，我的腳趾起了水泡，更痛的是看不見的深處，用力揉捏酸軟下肢，君賞賜的贈禮，他想為我換取些什麼覆蓋住現有的記憶。浴室一方空間沉靜溫暖，我的記憶卻如此清晰回到十三歲那天，全身塗滿了泡沫，我拿著刷子刷紅了身體，沖掉泡沫再塗滿，用菜瓜布搓揉直到皮膚脫了一層，從那刻我愛上滾燙的水像熊熊的火燃燒，源源不絕的強勁水注痛快淋漓，讓淚一併奔流，發燙痛楚的身軀是如此安心完美，懷抱這感覺是如此踏實而滿足。

「希望妳繼續練舞，學費妳不要擔心。」君約我在小公園見面。我搖頭。年輕的夢虛缈又天真，以為金錢的攏集和情感相依相連，雪花紛飛的金錢是多少人嚮往的代價，我以一夕償得，浮華朝露，青春的幻景如何延續？

金錢流水，根深柢固的心性，豈是身陷泥淖的我能看透呢，如果君自始獲得正常關愛，和循規蹈矩的伙伴一起，如果早些醒悟，也不至於今天這個境地。

「我不想學舞了，你別再簽牌了，把錢都存起來。」

「我知道妳縱容我。」

認為愛是隨心所欲、是自由自在，愛是包容、是無私、是全然相信。別人辛苦一個月寥寥萬元，我花費一小時比別人一個月收入還多，真是天壤之別，無法比擬。

鄉下生活單純，閒得無聊都會小賭一下，君從小跟著二姊玩，越玩越陷越深。當時若是和喜歡唸書的姊姊作伴，現在或許是另一個君了。我已夢醒了，怎麼來怎麼去，一切付諸流水，什麼都沒留下。我看著那黯然的臉輕嘆氣。

「三姊唸博士唸得要死，教書教得累死又怎麼樣？我簽中了，賺得比她一個月還多。」那倔強的唇曾如此熟悉，他低下頭喃喃自語。

「妳先走吧，我看妳走。」怔怔看著我，我緩緩離去，轉入巷子，盒裡的啜泣聲隱隱流出，小女孩抖動著肩膀，她不停地踢腳，周圍傳來堅硬的聲響，她哭得聲嘶力竭，小臉漲得通紅，淚水黏合著漱漱而下的涕泣，沾花了青春稚嫩的臉龐。我摀住起伏的胸口，緊得發疼，鬱結地頂破胸膛不可，我張大口貪婪地吸氣，巨大的石塊横梗著我的咽喉。她披散了髮在晶瑩的淚光中伸手呼喚，亮晃晃的白晝如黑夜般陰暗，行人如織的街巷竟空無一人，我撒手狂奔，路沒有盡頭，哭喊未曾停歇。

「故事很簡單，好看嗎？」電影散場，「嗯，我喜歡單純的故事，單純才能打動人心。」我慢慢說，偉認真地聽。

「慾望之翼」的故事不正是我和君、楊三人的寫照嗎？女主角知道女貴族朋友身患重病將不久於人世，和情人記者合謀欺騙女貴族的感情以奪得遺產，女貴族臨終說出其實她早知記者是有心接近她，可是因她愛他，她還是願意將財產留給他，窮記者羞愧地哭倒在她腳邊。最後一幕這對情人雙宿雙飛時，敏感的女性直覺告訴她，她的情人已不覺中愛上女貴族了，她悔憤不平，痛不欲生。

「可以請妳來坐坐嗎？」那雙明亮的眼睛彷彿有魔力，我登上五樓房間，「透過這些器材，我可創造出千變萬化的曲子。」他觸摸琴鍵，樂聲似早春溶雪細流潺潺，又揚起音符，嬌陽溫潤，萬物私語嘈嘈，曲末大地一片寧靜，沉醉於春的寫意。

牆面的油畫我癡癡望著，偉從琴前起身，雙眼滿溢溫柔的光暈。晨曦穿越樹林潑灑在湖畔，幽深小徑無人蹤影，晨霧氤氳中紫玫瑰盈盈露珠，綻放神祕氣息。我默然似寧謐的湖面，記憶碎影裡的漣漪浮了起來，紫色是憂鬱的色澤，陪伴我咀嚼夢幻歲月，初嚐人間況味。在他筆下紫玫瑰出塵優雅，「知道紫玫瑰的語彙嗎？」偉凝住我：「一見鍾情，永恆的愛。」我陷入畫境，隨感覺漂流，像在林間散步，晨霧慢慢地流進身體裡，難分難捨，我的心起伏蕩漾。

當兵這兩年，各形各色的人混雜，偉如同歷經了人世。退伍後考試成績不盡理想，他依然不放棄夢想，幼時學音樂的苦澀慢慢在成長淬鍊中化為甘甜的蜜汁，他不止息地釋放心中美妙的渴望，像奮力昇起的燄火，無法遏抑燃自靈魂深處炙熱的激情絢爛了夜空。「音樂所以動人，在於富有高貴情操的作曲家。」那渾圓融合的聲音在遠處，在近處，無處不在，會傳到很遠很遠的地方去，他癡狂執著的精神像尊貴獨特的紫玫瑰。

「有一次我看見有人送妳回來，他西裝革履，很紳士的樣子。」

「喔，楊先生人很好，經濟條件也不錯。可是我比較重感覺。」我淡淡地，他點點頭轉身，靈巧的手指在鍵上飛舞，他時而閉起雙眼，用心觸覺每一個音符的脈動，時而漾起微笑，醉人的自信洋溢眉宇間。午後斑斕陽光映著青翠的植物，綠葉好嫩，蝴蝶飛舞花叢間，鳥兒在暖暖的微風裡吱吱叫著，我們共處一室無須交談，我閒適地靠著椅墊，耳邊輕繞他的鋼琴小品，一切是如此自然，我突然覺得幸福原來可以這麼單純，這麼輕易地擁抱。

「最近不上班了？」媽問我。

「嗯，先休息一陣。」

「想不想也出去唸書？妳英文有點底子，去補習考托福，小三（妹妹）在美國可以互相照應。」

現在的我什麼都不想，從懸崖重重摔下來，遍體鱗傷，好像生了一場大病，我現在最需要靜養，好好想一想未來。已消逝許久的輕鬆的感覺又回復在我的生活中，很久沒有這麼自在了，我眷戀這種舒心的氣味。我想好好重新安排我自己，趁年輕，還有機會的。

「也許過一陣吧。」推辭她的好意。

「那個人怎麼樣？」她朝對面看看。

「很好。」我笑著說。

「張伯伯張媽媽都熟，他看起來文質彬彬，蠻有禮貌的。」

「嗯，他一邊工作，準備重考。」

「肯上進就好，人正派最重要。」她看一眼。

「知道了。」我認真地回答。

「恭喜你，你考上了！沒想到我們成了校友，真有意思。」

偉靦腆地搔頭：「怎麼樣，條件還可以嗎？」

「嗯？」傻傻看著他。

「那我可以正式追求妳嗎？夢中情人。」他深情款款地：「第一次在陽臺看見妳，妳高高的、腿長長的、很清秀，當時我有一種觸電的感覺！」我摀住嘴，不敢露出欣喜。

「那天在書店鼓起勇氣跟妳打招呼，心裡緊張死了！」他的耳朵發紅：「從未交談過，不知道妳是什麼樣的女生？」

「那認識後是不很失望啊？」我故意瞪他一眼。

「嗯，感覺跟我想像差很多。」

「啊——很多啊？」

「是啊，我原本以為妳是一個天之嬌女，高傲不理人，結果我一叫妳，妳笑得好燦爛，我……我差點不知要說什麼。」他訴說著一段段我們擦身而過的往事，笑語迴盪在他的斗室，在那個愉快的下午。

工作、唸書和創作，嶄新的生活充實飽滿，這是偉期盼許久的。自高中畢業聯考落榜，重考再度落第。入伍接受磨練，兩年軍中生涯，數次捱不過的嚴酷艱難都挺過了，豐厚的體驗醞釀濃郁的思潮，青春的精華只為明日燦爛，重返升學戰場的決心越磨越堅，未曾改變。

成為大學新鮮人，往理想邁進一大步，偉更忙碌了，工作間常常燈火通明，直到天光初露，墨色天空由濃轉淡，薄霧依稀中他才沉沉睡去。窗口光亮滅了，我為他垂掛的紫色布簾在軟軟的晨風裡輕擺，像是細語呢喃溫柔相伴。

「上次妳和一個戴眼鏡的男人走在一起。」我別過頭，君皺眉：「我們真的回不去了嗎？」

曾經為了一聲聲寶貝，流淚流汗犧牲一切在所不惜，到最後我得到什麼？都過去了，回不去了，我也不想回去，往前看還有大好人生，每個人都要照著自己的鼓點走，當事情到什麼境地，我們就順勢走下去，回頭留戀是沒有用的，我會重新安排我自己。

「保重。」向他點點頭，心中一片平靜。

陰暗的偌大空間，潮濕的地面，污漬似要穿透鞋底，頓時感覺襪子黏溼了起來，日光燈閃爍昏白的微光，遠處讀書聲忽明忽滅，窗外咻咻的風聲，我看見地上的水泊泊流動，浸濕我的鞋子，側旁的蝴蝶結沾滿了污泥。

我撫著肚子焦急地找尋房間，有的穢物遍布、有的門鎖鬆脫。推開最後一扇門，我吐了一口氣，關上門，緊蹙的眉心漸漸舒展。

忽然我聽到清晰的腳步聲印在濕漉漉的地磚上，他慢慢地走和著滾動流水聲朝盡頭而來，「喀喀喀」每一步都踩在我心上，我貼在門上聽，聲音停止了，我轉了轉眼珠子，只聽見自己的鼻息聲，門底斜進來鞋的陰影，我屏住呼吸，雙手緊扣住插硝，突然，強有力的聲響撞擊著門，那斑駁、佈滿污濁的門被撞開了裂縫，門扭曲變形，眼看整扇門要爆開來……。

「啊——」我失聲叫了出來，時鐘指針停在三點鐘，我拭去汗珠，靜靜地靠著床頭。又是重複的夢境，我深吸了口氣，閉上眼睛又沉沉睡去。

我拍偉的肩，下了摩托車，「楊大哥！」我邊跑邊喊，他回過頭，露出意外的笑容。

「我在想如果有一天遇見你，我一定要謝謝你。」我真誠地說。

「謝什麼，過去都過去了。」太太提前退休和兒子移民，楊兩邊跑，下個月又可全家團圓了。他希望有空喝個咖啡，我含笑點頭，他瀟灑地揮手，人生何處不相逢，有緣一定會見面，我目送他輕快掉頭再過下一個斑馬線，他總是匆碌地步著他的人生方向，不知他找到想要的了嗎？他快樂了嗎？他說過他比我有錢，可是我比他快樂，如果錢能讓他買到快樂，他願以一半的財富來換得。我戴好安全帽，環抱偉的腰，他叮嚀扣好帶子，我想我真的比楊快樂。

「前幾天看到妳在公園裡和一個男人在講話。」

偉凝視中，我心狂跳了一下，避開那雙純真卻似乎穿透的眼：「學校還好嗎？」

「有時白天比較忙，晚上上課會打瞌睡。」偉不好意思笑著，我們現在見面比較緊縮，還好他從五樓窗口就可望向我的住處，好像見到我一樣。如一星期碰一次面，細水長流的感情也很好，只要每次想到心裡的那個影像就在面前，滿足感溢滿胸襟。

他坐下來撫我的髮，深情拉著我手，目光駐留在我前方的札記：「在寫什麼？」感觸飄忽流離，瞬間紀錄凝聚，不然稍縱即逝。

「嗯，妳慢慢寫。」他吹著口哨在外面澆花，高大的背影讓陽光鑲了一道金邊，我靜靜地在記憶間穿梭，不時凝神窗外。

隔鄰院落五層樓高的樟木，葉密遮天，清晨鳥群匯聚，嘹鳴有如天籟；校園鐘響，操場上吶喊、嬉笑聲，彷彿沾染青春熱力；教堂禮讚聲，平靜安和的力量迴盪不已，如茵草地鞦韆輕擺，憶及剛搬到這兒，小女孩央著爸爸在後陽台曬衣鐵架繫個粗麻繩，我和妹妹迎風高盪，驚笑聲引得鄰居探看。

隔壁夫妻同下廚，歡呼絮語，是婚姻中的樂趣吧？斜對棟老太太斑白的髮閃耀在陽光下，年復一年勤洗一家衣物，熟稔健朗；對樓老婦近三年的癡呆症，時哭鬧喊叫無論晨昏，近日聽覺高分貝嗓音似唱女高音般宏偉變幻，中氣十足。

苔綠瀰漫樓下加蓋棚頂，驚喜於四處飄飛的小野花，強韌的生命正亮著清麗承風迎露；樓下陳舊木屐黯然一旁，老婆婆幫傭一生換得的屋內陳設簡單、窗明几淨，款待我的麻糬，餘香猶存，人已杳然。

琴音、鳥鳴、人生百態或是一株小草，這份平淡不就是我的生活嗎？我輕輕闔上本子，閉起眼。

透過師長的協助，偉的音樂路迢迢艱辛終種得果實，他即將登上許多人翹首盼望的藝術聖殿——國家音樂廳，深蟄心靈良久、躍動的感嘆將傳遞到人們心中。那沉著的面容藏不住沛然的神情，內斂的喜悅鼓舞奔馳的靈魂遨遊飛舞。

我正對鏡演練，偉在玻璃門外比劃，進來坐在一旁目不轉睛盯著。

「妳優美的線條真的很適合跳舞。」我笑著和他步出教室，怎麼會想學舞呢，他欣喜地問。我回想在那危危顫顫、波濤起伏的歷程裡挖掘潛藏的契機，這一段探尋轉化了我的心靈，活出另一全新的生命。我淡然回覆偶然機緣和朋友一起發覺探究，學出了興味。

「喔，對了，剛接獲移民通知，畢業時就會去報到。」偉軒昂的語調清楚地宣示飽滿的意志，對嶄新的未知充滿無限憧憬。

他想去那片土地看看，去感受新氣象，去領會新風景，也許再進修，殷切地問我想不想去美國？他捏我的手心，我心裡完全沒有想法，思緒有些零亂，我們雖才交往一年，可家人彼此熟識，感覺已非常熟悉，相同的價值觀和對生活的企盼，和偉一起，每一吐納都自在寬裕，我們的感情世界遊刃有餘。他愛憐的眼神認真地在我臉上逡巡。

「你還沒看清我真面目，其實是很邪惡的。」我不苟言笑看著他。

「是嗎？那你也還沒領教我的真個性，其實我脾氣壞，常暴跳如雷，還會摔東西打人！」偉故作狂笑。

隱藏在內心那個盲亂的黑影，那個我真的很糟，糟到無法想像。如果有一天，你知道我有許多茫然，做了很多糊塗事，把自己搞得一團亂，不是你想像中那麼完美，這份感情依然存在？你仍會愛我嗎？

「妳不但容貌、氣質怡人還很幽默，還好碰到我，妳得救了，因為我就是妳的真命天子。」他抱緊我撫著我頭：「妳是天上的星星，如此閃亮無暇，我想和妳生活在一起，今生今世。」

老天啊！偉才是純粹無暇的星辰啊，潔淨的心靈沒有受到一絲汙染，他是如此單純善良，他看不到也感受不到過去的那個我，現在被他緊擁入懷，情竇初開就戀上的人已被世事淘洗琢磨過啊！她蒙上自己的眼在晦暗的道路攀行，璀璨的外衣下，一路的冰霜雨雪深深地插在內心深處啊！她還能妄想飲啜初始的一壺甘露，和心儀的人舞上一曲美好嗎？

她的家園只是當她出了趟遠門，卸下一身疲憊返回溫暖的依靠，他們仍愛她；可是那似熟悉卻陌生的偉呢？他心心念念魂牽夢繫的人呢？她還是她嗎？還是那個純潔的靈魂嗎？還是十三歲前那個天真爛漫的小女孩嗎？

音樂發表會後，偉陸續地將創作投遞往唱片公司，始終滿懷信心的音樂路一再受挫。我鼓舞他堅持前進，執著無悔。

他的臉龐略帶灰黯，鬍渣湧生，他低下頭，微細地吐出：「妳怎能如此愛一個人？勝過我愛自己，妳如何來的堅強勇氣？」

我也曾一度自棄，懷疑自我，直到遇見你，才發現縱然流離凋零，仍未喪失愛的能力，這份毅力是奇妙、難以抗拒的，似乎是與生俱來，在情感潤澤下與日俱增的力量，心中對愛的憧憬、愛的渴望沒有一日滅去。愛讓人不會老去，點燃源源不絕的熱烈，是你映照我心靈光亮剔透的火種的啊。

她緩緩走近，與其說平靜不如說充滿了壓抑，那張臉的表情融合了焦慮和憂傷，我靜靜凝望著，彷彿那眼神深處蘊藏著豐富情感。她輕輕伸出手，手掌上躺了一排淡藍錫箔片，一粒粒突起的小藥丸反射出刺眼的白光。

「妳能告訴我，這是什麼嗎？」語氣似蕭瑟的秋葉無聲地墜落，不知飄往何方？雨絲夾冷風颼颼而來，我飄向窗外緘默著。

一撮灰白的髮拂在額前，母親撫了撫臉龐，手指從皺褶間掠過：「妳不知道女孩子婚前守住這一關，比任何都重要嗎？」

「我早就不是妳心目中的乖女孩了！從十三歲就不是了！」

「啊，妳說什麼？」她的眼恍惚迷濛。

「從那天放學遇見那個人，我的人生已經完全改變了！」我淚流滿面。

「妳……說的是真的嗎？」她流下了驚愕的淚水，我終於潰堤：「我多麼希望它不是真的！」

「怎麼不說呢？」

說了只會讓人難過，不能改變事實，回到從前，不是嗎？她走過來抱住我，撫我的頭，我環著她的腰，臉貼在溫暖的腹部放聲大哭，將這許多年來的委屈一併流盡。「妳比小三出國留學還了不起，妳知道嗎？」淡淡的一句，心中的迷亂似霜花隨風散去，冷冽的風再也襲不上心頭。

「偉，這禮拜我們去看電影好嗎？」

「最近期末考很忙，要做模型交報告。」他平靜地，最近偉都很晚回來，一早又趕上班，「過一陣忙完了，我們再見面。」電話掛了，我望著五樓，那熟悉的身影對我微笑，好近似又遙遠。

他慢慢下樓，在二樓微頓了一下，窗格裡透出凝重的神情，屋簷下的身影遲疑地伸手，電鈴響的同時我的心抽了一下。他來了嗎？還是心心念念、不曾忘懷的的那人嗎？他終於吐露真情了嗎？

一封透綠的信箋躺在信箱，我急忙打開門，留連的眼神伴隨著偉高大的身影消逝在巷子盡頭。

「那天妳睏了，看到妳翻開的札記，像小說一般，我欲罷不能一口氣讀完，是那麼真實又殘忍，如刀劃在我心上。

我從情竇初開的少年就欣賞妳，如今美夢成真，妳是一個應該讓男人捧在手心呵護的女孩。「桃色交易」電影中，黛咪摩兒為幫丈夫解決困難，接受勞勃瑞福的一夜情條件，交換一百萬美金。每個人都覺得黛很愛丈夫，可是妳知道對男人來說，我寧可犧牲自己，也不願深愛的人受傷害啊！

若為了一個喪盡天良的賭鬼遭受凌遲、拋不開糾纏，請讓我靜靜地陪伴，等待妳內心平復的到來。

深愛妳的偉」

捏著滴落淚痕的信紙，呆滯地望著對面窗口，以為抵達停泊的港灣，不再漂流了，錨深深地沉於海，就在此停駐吧！不再揚帆，歷盡風吹日曬驚濤駭浪。夜無邊襲來，昏黃的燈光讓椅背中的人影拖得迤長，貓對斜傾的黑影咪嗚著，柔長的毛來回摩娑，「寂寞嗎？」撫著那溫軟身軀，牠不語，只用碧綠的雙瞳幽幽凝視這片深深的寂靜。

「媽，我想補習。」

「嗯，趁年輕多充實自己，怎麼了，是不跟偉吵架了？」我低頭，眼睛有些溼糊。

「主要出國多看，慢慢來不要急，不要放棄也不要太勉強，知道嗎？」我點點頭，

「很多事要自己去體會，時間過去，很多事會越來越明朗，告訴你們什麼該做不該做，如果不聽就自己去撞得滿頭包，有時是後悔莫及，因為妳會付出很大代價。」她溫柔堅定地：「妳作任何決定，媽都支持，但不要三心二意。」我吸了吸鼻子，眼睛又朦朧了。

我在書店看到父親學生的著作，封面印有父親的推薦，那位學生在外地教書，不及送給老師一本，恰好旁邊也是他喜歡的書，我一併帶回。

晚飯後，他點了燈、泡杯茶，照例安憩在躺椅，閉目養神一會兒，再重溫昔日讀過的散文。「爸，這送給你。」我悄然走到他身後，父親轉過頭，接下我遞上的兩本書。

他靜靜的看著它們，我想內斂寡言的他可能就是靜默地收下，「那我要送妳什麼？」我坐在側後方

距離，父親無法察覺我欲淚的激動，只聽見我小小的聲音：「你不用送我。」

時光飛快，赴美的日子來了，母親領司機先行提行李下樓，我走進父親房間，他在寂靜地黑暗、窗外投射進來的微光中，雙眼迷濛地坐在床端。我輕喚：「爸，我要走了。」他看著我，緩緩起身，清理一下面容，隨我出房。

他將兌了錢的軟袋移向我的前方：「帶著，急用。」

我壓抑住心中洶湧：「爸，我有，不用給我了。」滿懷起伏的情緒由喉間費力地釋放出，因為我深知這是不擅言辭的他所能表達所有的愛的方式。

我轉過頭，離別的愁緒令我不敢再望向那已慢慢衰老的雙眼，他走近握我的手，七月的盛夏，略顯瘦弱的身軀有著冰冷的雙手碰觸著我，我不禁一顫，這是我第一次碰觸自小最疼愛我的父親。

他目送我下樓，走了兩階，我忍不住回首再看看那不捨的影像，他就一直立在那裡，一直專注地看著心中深深的牽掛即將遠行，我舉起手輕擺，讓那幅慈愛的圖像印記在腦海深處。

朋友出國推辭家人兌換的金錢，我卻寧願讓那父親準備的一張張小額紙鈔躺在裝妥的小絨布袋裡，伴我飛越千山萬水追尋夢想。

「東西都帶了，要不再檢查一遍。」媽陪我到機場，車緩緩接近，媽拍我，「再見了！」我抬頭望向對面五樓窗口，輕聲地。

步入出境大廳，我四處張望，有的友人簇擁著旅人話別，有的親人互擁久久不捨。母親華髮漸疏，依依的臉龐，她牽掛的女兒也即將離去。

出關時我抱住母親的身體，輕聲一句多珍重，我轉過身邁開大步，深色的玻璃掩不住熱切揮別的手，拭去淚水，滿載的愛足夠我在異地摔倒碰撞，夢圓了，他們為我欣喜，失落了，我仍然回得永遠歡迎我的天堂。

機窗外故鄉的山河越來越渺小，我打開筆記本寫下這封信：「爸，您將一生都給我了，還要給我什麼？而我卻什麼都不曾給您，您和媽一定要平安快樂地等我回來。」

02 童年往事

媽懷我時吃了安胎藥，「全身都是毛耶！」父親捧著全身毛絨絨的我，直呼生了一隻小猴子。我的體弱多病讓他們奔波在辦公室、醫院間，外公幫一手還另請了素蓮姨分擔家務。他們忙時怕我跌跌撞撞，就將我裹得厚厚的用棉布條綁在椅子上，餵食以外常常一整天說不上一句話，在我三歲張口迸出第一句話後，全家才放心沒有生了一個啞巴。

幼稚園裡我學會了數數、注音符號、看鐘、摺紙，結交了彼鄰兩個好朋友，初嘗人間美味——生力麵的滋味，那橘色杯碗盛裝著香味四溢、熱騰騰的湯麵，是最振奮人心的點心。

中午校車將我和妹妹送達家門，外公帶回哥哥後就伺候我們吃飯。頑皮的哥已上小學，午睡時他率先摸進外公褲袋，在他酣聲呼呼中拿了些銅板溜出門去。我有樣學樣也湊些子兒到雜貨店買些糖果、冰棒到附近同學家玩。

商人之家的氣派華麗對家境小康的我充滿新鮮感，大方的林同學拿出糕點、玩具招待宗怡和我，三個小女孩玩得不亦樂乎。每當牆上的咕咕鐘在三點奏起音樂，我就必須捨下各式琳瑯滿目舶來貨，快步跑回家——只是並沒有把我的鞋子落在如同皇宮的同學家中。

畢業典禮上，爸幫我們三張傻忽忽的面龐合影為初學生涯劃下句點。

我出生就得黃疸，上呼吸道又敏感，扁桃腺特別容易發炎，經常高燒四十度轉成肺炎。小一時感冒引發腎臟炎，終日血尿須住院休養。出院後重拾課業絲毫不影響我優異的表現，期末成績單上請假時數為五十天但仍是全班第一名，評語欄為「品學兼優」。

小三我開始參加作文比賽，遲到進入考場，懵懵懂懂塗鴉「電視」這個題目，竟然拿了冠軍，爸覺似乎「後繼有人」，更不吝買精裝故事書、高級鋼筆和各類文具，「工欲善其事，必先利其器」是印象中會的第一句那麼長的「成語」。

四年級的書法比賽、壁報繕寫、同學爭相幫老師抄黑板之事，導師都交付于我，「就是身體不好，可惜了。」她欣賞著我完成的作品，滿意又心疼地說。因為身體的關係，可以躲掉大太陽下升旗典禮和無聊的跑步打球、可以在空無一人的教室學老師寫黑板、課桌椅默然陪伴我聆聽窗外的風聲鳥語。同學回來後問我一個人在教室無聊嗎？其實除了郊遊遠足，媽怕我不能負荷嚴格禁止，我有些失望外，獨享寂寞還是我從小養成的好習慣呢。

五年級最後一次分班，一個成績維持在前五名、畫畫比賽常勝軍、田徑隊跑起來像風一般的大眼睛男孩和我同班，我們之間的互動僅是體育課時，他將錶慎重的交給我保管，放心地似風般消失在教室門口。

六年級時很流行玩一種算名字比劃配對機率的遊戲，風靡全六年級十五個班級、功課好、漂亮的小女生的大眼男鄭同學，竟被人在筆記本上發現了和另一個名字的配對，她們遍尋這個幸運兒究竟是誰？當發現是功課好但相貌中等的我，鄭大美男子不但不撇清避諱，反而大方的採取明確的舉動。

午休時全班趴在桌上小憩他獨醒，我抬頭時對上那深情的眼眸；專題討論時我們編為一組，聒噪不休，老師要調整組員，「我要被調走了，妳有什麼感想？」他誠懇的凝視我：「我跟妳坐總比別人跟妳坐好吧？」他的眼似潭水，我不敢看他，是怕離愁吧。

第二天老師竟未更換任一組員，不知是什麼力量改變一切，從此我們的心好像又拉近一些，他更肆無忌憚出現在任何地方，我在走廊上和同學談笑，他悠閒地靠著牆靜靜在對面欣賞著；步出洗手間也瞧見他遠遠望過來；到處打聽我的心上人是誰？或激動的逼問我究竟喜歡誰？一個平凡的小女生被俊俏的小男孩攪得芳心大亂，每天上學竟成為快樂的事。

小學六年平均成績第一名、史無前例兩度當選模範生的我，竟因最後一次考試失常，跌落畢業生受獎名單之外，老師的詢問，我也說不出所以然。畢業典禮中，我呆呆地看著平日被我遠甩於後的同學興高采烈上台領獎，大眼男仍穩坐第五名寶座，他過來問我唸那所國中，我悶悶的回他：「不知道。」他在我臂上輕搥了一下，從此結束了純純的初戀。典禮後全家合影留念並上館子吃大餐，爸特地買字典鼓勵我，那封面暗紅、字體燙金的寶貝一直陪伴著我。

03 初解人事

媽為我和妹妹遷戶口進名國中，入學時，我頂著西瓜皮爆炸頭，白衣藍裙拖著大黑皮鞋、大書包，戰戰兢兢接受分班測驗，糊里糊塗分配到好班，選舉幹部時，旁邊的同學提名我為學藝股長，大家看我活潑竟高票通過，我興奮之餘也感責任沉重，我卯足勁集合美術、文字人才，全力準備壁報比賽。

當時導師教英數為好班，教理化是普通班，教其他就是後段班了，衣容修飾的王老師的嚴格要求下，為我的英文奠下基礎，第一次月考滿分的喜悅產生了榮譽感，驅使我下功夫保持好成績。

而小學底不錯的數學在遇見「因式分解」一蹶不振，第一次月考後終生與及格絕緣，其他有成就感的科目讓我傾注全力，漸漸地數學離我越來越遙遠了。

強手雲集的班上我經常是倒數幾名，但參加作文比賽優異經驗使我開始接觸報紙藝文版，大華晚報青少年專欄刊出第一篇「晨遊」時，我喜不自勝地把在樓下聊天的媽硬是喊上來。此後每當思緒飄零時就攤開稿紙藉著文字整理心裡，慢慢瞭解自己。

隔壁戴著眼鏡的同學早熟帶些神經質，一天我們聊著聊著：「唉，什麼是性啊？」

「妳不知道啊？」她摀著嘴噗嗤笑出來：「就是男女間的事嘛！」我歪著頭，等待著答案。

她漲紅了臉抬抬眼鏡：「以後再告訴妳。」鐘響了，起立敬禮、書頁翻落聲中淹沒了這一次彷彿屬於外太空探索的第三類接觸。

初春三月，國一寒假過後，我走在放學路上，一個拍肩，我應聲回頭，

「同學，請問某協會怎麼走？」一個頭微禿、白襯衫外套頭毛衣、米色褲子的中年人。

我心想順路，到了巷口，我指向目的地：「就是那兒。」他並不關心原先尋問的去處，反而要我跟他一起進入對面一剛完工的大樓。迷迷糊糊到了高樓，他表示自己是學校健康檢查的醫生，親切地問我們班輪到了沒？

我搖頭，他拉起我的手說：「好，今天先幫妳檢查，我給妳蓋章的證明，到校就不必再檢查了。」他將兩人的外套退下，拍拍一旁工地臨時搭製的桌子，要求我撩起衣服躺下，他說了訓導主任及一些老師的名字，我還半信半疑地他已用嘴巴堵住我的，小說裡一陣天旋地轉的初吻我體會到了，只是沒想到竟不是我想奉獻的人。

他對我所作的都「師出有名」，聲稱是邁入青春期的正常檢查，雖然第一次在異性前坦露深覺不自在，但因著他在我耳邊「心理建設」：「當著醫生褪衣檢查，總比在學校旁邊還有護士、同學那麼多雙眼睛盯著妳好吧！」

我只有硬著頭皮聽「醫生」話，一心只想趕快檢查完，領到那張「證明」。

在一個無知的童體反覆地試探撥弄，他濃重的鼻息噴在我臉上，喉間喘著不解的囈語，過了不知多久，他命令我脫下內褲。

我不肯，他嚴肅地表示是最後一項了：「妳不想早點回家嗎？」我順從地接受他最後一個命令躺平。

他忽然拿起我的外套蓋住我的頭：「躺下不准看，乖。」

我揭開外套，幾番起身想知道他在做什麼，只見他指間忙碌邊安撫著：「忍一下，馬上就好了。」

他不停地深入擦拭我的下部，伴隨而起異樣的酸，我不耐地縮起腿：「我不舒服，我不要了！」我生氣地踢腳。

「快好了！快好了！」急促聲中他拉下拉鍊，掏出了我曾打開哥哥抽屜，不慎看到的色情書刊裡的男性生殖器。

我一驚，大叫：「你要作什麼！」立刻跳下桌，穿上衣服，羞憤地甩開「假醫生」糾纏的手，拿起書包往外衝，疲憊的我一心只想奔回家。

我死命地按電梯鈕，顫抖的雙手扣不住鈕扣，好不容易對上了外套拉鍊正要拉上，他頭髮零亂、兩眼無神，從房間衝出來，一隻手抓著提包，另一隻手緊抓住我不放。

我不停地撳著下樓的按鈕，樓層指示燈卻無情地在六樓停住不動，我拼命的踹他，他淺色的褲上有污濁的印子。

「放開我！你這個討厭的色情狂！」我嫌惡的怒吼，用全身的氣力瞪他，中年人微驚了一下鬆了鬆手。

這時樓層燈往下到一樓後快速的朝十二樓而來，我奮力掰開那隻汗溼的大手，電梯門一打開，我噓了口氣，大步跨進通往自由的入口。

逞著殘餘雄威的他突地撲上前抱住我，我愣了愣，用雙臂頂著電梯門絕不讓門關上，我扭轉身體掙扎，想到曾看過一部電影，用右腿狠狠地往後一踢，他「啊」地失聲放手，再補上一記，猛踩了他一腳，衝進電梯。

一樓的燈亮了，「不要走！」他沙啞的從喉間擠出，那褐色的、厚實的門終於將那失望、疲累、泛著些許蒼老的臉從此隔絕在我的世界外。

小小的空間裡，急促的心跳和喘息聲伴隨我，鏡中蒼白茫然的臉熟悉而安慰，我知道自己活著，這比什麼都好。

水很熱，水流很強，我用堅硬的刷子用盡力氣想洗淨被欺騙的羞辱。走出浴室，我跌坐在床上，看著洗刷成熟蝦般的身體，摀著痛楚，我告訴自己絕不哭，要保守這個祕密到永遠。

國二開學，我高高興興地走進教室，正和鄰座談天說笑，老師拿著名單走進來，鴉雀無聲中宣布了分班消息。驚訝聲中我背起書包隨著人群進入隔壁班，班導黃老師的和藹可親撫慰不了我愕然的心，一堆被世界遺棄的可憐蟲聚在一起相依為命也彼此嫌惡。

一班之隔竟如墜入萬丈深淵，不會唸書的孩子就註定鞭入十八層地獄，她們的天賦或在美術音樂體育其他方面，但像垃圾般堆在一起由其自生自滅，我知道自己不屬於這兒，但也出不去，只有保持好成績——其實很輕鬆，因她們都放棄課業了：有些是要幫忙家裡作生意，比較幸運的是家境好，可唸私立高中或出國唸書，最可憐的是資質愚鈍、人際關係不好又看不出任何專長的同學，在班上像幽靈飄進飄出、無聲無息，讓人根本忘了她的存在。

比起「太妹班」，我們班都只是靜不下來唸書的玩匠罷了，在她們眼裡書呆子的我被帶入花花世界開開眼界：西門町看電影、逛萬年大樓、「小香港」繽紛可愛的舶來品店；一群人嘻嘻哈哈擠在ＭＴＶ包廂裡歡享滿桌零嘴、大螢幕立體環繞音響；傻瓜似地在白雪冰宮被拖拉著像嬰兒學步，每每跌得狗吃屎，她們輕快滑過的優美身影，真讓人大歎讀書無用。

第一堂化學課，老師走進來，我整個人呆住了，整堂課我定定的盯著這個一輩子難以忘懷的，頭微禿、微胖的中年人，他神色自若，看不出任何不尋常，他並未注意到我。往後整學期，只要有眼神交會的機會，我就是死盯著他不放，期待他能有一絲絲的不自然，我都會解讀為歉疚、羞愧，但，我失望了。

在一片盡情嘻鬧氣氛下，我必須按捺住活潑的本性保持好成績，證明自己還可以作些什麼，從課外書中開啟另一番視野，重新尋獲存在的目的和價值。當國文老師粉筆落定，四周哀鴻遍野，我已經開始醞釀打起草稿，作文課無疑是我最喜歡的一堂課，那兩不相認的數學公式符號座標遠拋腦後，理化只求及格，全力進攻可幫助我得分的文科，每一次月考都全力以赴，國三我被編入普通班。

好班生成熟世故，在課業成績上錙銖必較；放牛的孩子懵懂茫然，浮萍飄零；我在最後國中生涯交到了互相鼓勵的同伴，我們「四人幫」課業程度相近，常相偕上圖書館，淑媛數學最好，會指點我，大方明快的個性和直爽的我相合；希明是四人中最積極努力的，後來大學聯考成績也最優秀，宜樺家境富裕，個性悠哉悠哉，有時恍神，會透露身為小媽女兒的心情，放榜時我們都考上心儀的私立女中，互祝前程美好。

04 青春年華

遼闊校園中，眺望山之巔、水之涯，白上衣鑲著荷葉領、天藍色裙子的身影在相思林中追逐、穿越；累了，憩息石桌石凳、地上突起的樹根，談天說地聊夢想；餓了，將偷渡夾帶的食物擺滿桌直到鐘響才慌忙收拾殘局，飛奔進教室。初時山上的家爬來氣喘吁吁，不久腿力練成，可跑坡還邊嬉鬧，教官總在經過身邊時百般提醒：「小姐，妳們是女生耶。」這時我們就故作端莊，等那綠色的身影一消失，我們立刻爆出更石破天驚的聲音。

教會女中注重語文，英文一科就有六本課本，老師無不卯足勁教學。我每次月考除英文稍佳，數學放棄，其餘科目皆低空飛過。貴族學校的學生，家世優家境好，注重裝扮功課棒，聰明漂亮又驕傲，中等家庭成長的我還是有兩三位好友，一起唸書玩樂聊夢想。

教會學校規矩多並獎勵告密，穿校服和男生走在路上，和男校郊遊都逃不過教官的眼線，我們只好出了校門，四下無人時對男生品頭論足，盡情討論；但年輕的心是按捺不住的，再小心翼翼交換心得、竊竊私語，總還是會傳到老師耳裡，老奸巨滑地採各個擊破式問話，稍有不慎就會突破心房而全盤招供。

時光匆匆，歡樂不停留，數學未達最低門檻，想當然爾補考只是志在參加，上帝也幫不了我，成績發佈那天接到通知，到校辦理留級或轉學手續，平日愛「關心」我髮型的教官詢問我的去向，我聳聳肩。

我獨自上山，船艦建築物大落地窗、明亮的餐廳裡，各年級學姊妹共享菜餚、飯後點心，犧牲午休輪流清餐桌洗餐具；順著「大學之道」下來，聖誕節的百合花遊行、大禮堂的彌撒唱聖歌；石砌的烹飪教室傳來手忙腳亂攪拌聲、嘻笑聲和沙其瑪、海綿蛋糕、小鬆餅的濃郁鮮香；音樂教室裡熱情高昂的音樂老師，考試時讓我們清唱自選曲目，流行、民謠、抒情完全不拘；早晨升完旗，大腹便便的體育老師賣力嘶吼，帶操動作遠大於台下這群睡眼惺忪的早起兒；臨淡水河大操場上一年一度校慶園遊會、歡騰的啦啦隊比賽和大隊接力。最後我立在聖母像前靜靜凝視著她慈愛的面容，轉身踏入了教務處。

「留校一年，再試試看。」我不理會主任、教官的勸說，道聲再見，我搭上往台北班車，靜默的觀音山漸漸消失在窗外，淡水河的風拂揉著臉龐，再會了，我心愛的學園。

我轉了離家近的普通高中，這兒雖無好山好水，但校長辦學認真，一點不輸被掃地出門的教會學校。但言者諄諄聽者藐藐，彷彿又回到國二那種放逐的生活，在一群沉迷化妝、逛街、買衣服、下課坐在男朋友機車後座呼嘯而去、忙打工賺錢、不知唸書為何物的頹廢氛圍裡，我靜觀默守一己，我希望考上大學，那是我唯一的路。

雖然以第一名畢業，仍不及聯考標準，重考時我捨棄補習班選擇自己唸。小美單純憨實，她選擇就業，工作之餘介紹我認識了她的表弟浩，酷似《雙面諜》影集裡那健碩迷人男主角的浩站在面前時，兩人雙雙墜入情網。我們同時準備重考，內斂寡言的他喜歡聽我說話，羞澀的個性受我的影響漸開朗活潑，初戀相伴舒緩了沉重的壓力，放榜時我並未輸給教會學校畢業的同學，反而是她們不相信，竟然會在大學校園遇見那個數學死當被踢出校門的我。

脫離了惱人的學科卻擺脫不了考試的夢魘，惡夢永遠都是全班就我不知要考試，四周振筆疾書，眼看要收卷了還寫不出來的冷汗直流。

考上設計科系的浩課業繁重，除了趕報告，還得回中部探望獨居的母親。每當我看著別人的男友含情脈脈守在校門口，我常幻想如果他也在那人群中給我一份驚喜，那該有多好，那怕是步行，我都願意和他走長長的路，一起搭公車，彼此依偎，再顛簸擁擠都是甜美的。而這單純的夢想始終是個夢想，直到畢業他都未曾出現在夜色如墨的下課後，牽我的手並肩在皎潔的月光下。

每年暑假，我一定帶著行李住在浩苗栗山裡老家，那是我們一年中唯一相處的時光。晨霧未散，山嵐嬝繞，我們會往山上瀑布，脫了鞋、捲起褲腳，朝陽映著他寬闊的肩、厚實的胸膛，他牽著我步行在水流激濺的石頭上，瀑布沖刷巨石匯成一潭幽綠，山裡的孩子個個擅泳，從平如溜滑梯的巨石俯衝而下，由潭底一躍而出，笑聲迴盪山谷中。

「我小時候就是這樣，和表兄弟玩上一整天。」他捏我手心輕笑著，我緊緊抓著他粗壯的臂膀。我喜歡環他的腰騎摩托車兜風，讓大手牽著我尋幽冒險，只要兩人一起就是天堂。

晚飯後，我們坐在連接山谷的大吊橋上，「怕不怕？」他轉過臉來，我搖搖頭。一望無際的天空綴滿星星，夜是如此沉靜，鄉間的寧謐，天地間似乎只剩我倆，美得只聽見彼此的呼吸。

他長睫深黑的眼薄薄蒙層霧：「再看一眼，明天就要走了。」他輕輕吐出，像說給自己聽，我緊靠著他，希望時間永遠靜止在此刻，再多聽一聽他的話語，深深地記住今晚。此刻一對深邃的眼再也禁不住離愁了，緊握住我的手，唇溫暖地覆了上來。

大學四年級中秋，他留守宿舍趕報告，「中壢的月比較圓喔。」他微笑暗示著。我們探險無人的郊外，蘆葦迎風發出沙沙聲，我緊挨他，強壯胳膀擁我入懷，我貪婪地嗅聞他的味道，月光輕灑，夜色襯著青春熱火熊熊燃燒。

第二天一早室友都回來，大伙正說說笑笑準備朝會，突然舍監巡房：「誰還在睡？起來升旗了！」

他朝我床舖喊來，我一驚正要起身，已聽見浩的聲音：「那是我朋友。」

「身為上屆宿舍總幹事，難道還知法犯法，留宿異性友人？」

舍監嚴厲的語調中浩依然保持鎮定：「我們昨天才住了一晚，等一下就要送她離開。」

「她在唸書嗎？那個學校的？我要通報她的學校，留宿男舍要懲處！」舍監緊追不捨。

「她沒唸書，我現立刻送她走。」

浩護我出宿舍跨上車，我坐在那寬闊的身後，風吹散髮絲黏和著淚水，緊貼他的體溫，怕是最後的相依，迎來的風霜雪雨，我都無法分擔，他全為我擋了。

鬧得全校皆知的「中秋之禍」，一個「留宿外賓」的罪名，讓一個連續四年任班代表，學生會主席兼兩屆宿舍總幹事的好青年，我親愛的浩，必須接受自動休學當兵，退伍再復學的無情懲罰，全班連名簽署抗議書，罷課抗議都改變不了校方一意孤行的決定。

浩的認命沒能帶來好運，他抽中外島，因體型優異入選特種部隊，他無法像同學無憂地唸書，畢業考預官，原本順遂的人生從此改變。

我再沒有收到隻字片語，聽到他任何聲音，只是輾轉從小美口中知道，他母親非常不諒解我，帶浩去算命說沖到狐仙，認定我就是那個害人的狐狸精。

我每天起床，望著牆上的鐘一分分的過去，我的淚一顆顆掉下來，媽喚我上學，我只是一遍遍注意郵差的蹤影，又一次次失望。

大學最後一年我在大型服飾店工作，認識從美回來自行開設公司的大衛，離異單身的他渾身散發自由美式風情，他想嘗試開店，希望能找到幫手。車在寬闊的街道一家咖啡店前停下，臨街大面玻璃灑滿陽光，他開始規劃設計，衡著之前作過三個月餐廳老闆的經驗，我接受了ＰＵＢ店長的職務。他常帶我去晚餐消夜，開朗健談的性格和浩完全不同。

就在我和浩失聯屆滿兩年，已漸漸放棄希望時卻接到浩的來信，顫抖地拆開封口，我的心快跳出胸口，那再也熟悉不過的字跡模糊了雙眼。

「我已退伍，目前打工存學費，現無心力也沒時間談感情，當兵這兩年我身心俱疲，受盡折磨，遠非別人能想像體會，但也讓我痛定思痛想通一些事，人生還是專心做好自己的事，兒女情長隨風而逝吧！」

你所受的一切不都是為我嗎？如果我不能體會又有誰能體會？

如果那晚我沒有去，如果我沒留宿一晚，如果我早些起床離開，如果，如果，一萬個如果都挽不回我們的感情。

我在心裡一遍遍吶喊：老天爺！為什麼浩不肯原諒我呢？難道要用失去他來懲罰我嗎？我撫摸那珍愛的字跡，仔細地封藏起來，糾疼的心，已流乾的淚再度泉湧而出。

某晚店打烊稍早些，大衛來接我下班，「想不想去走走？」看著他誠摯的雙眼，我點點頭。帶我到一個可以忘了浩的地方，不管天涯海角吧，為什麼所有的美好現在卻變成那麼痛呢？我別過頭，山下萬家燈火，天空繁星閃爍，誰能告訴我答案，誰又能聽我傾訴呢？淚靜靜地滑過臉龐。

「盡情哭吧。」他靜靜地在旁，空氣中只聽見我啜泣的鼻息聲。

晝夜顛倒的生活，我精疲力盡地維持半年後，力薦吧台阿傑出任店長，阿傑小偉小飛一幫夜貓子上起夜班虎虎生風，聰明反應快，絕對可堪信任，我向大衛致歉並感謝半年多來的照顧，他握了握我的手：「很高興能認識妳，再聯絡了。」

畢業在即大家都很認真尋找出路，小有積蓄下我報名了模特兒培訓班，認識了一群外表稱頭內心空虛的人：有的想找異性朋友、有的想拓展生活經驗、也有想廣結善緣、為自己多找些客人的星期五餐廳的公關，當然也有如我般正摸索著未來的，我和其中一位留著長髮的紳士巒談得來。

弘文像極了日本明星阿部寬，笑起來兩頰深陷的酒窩，高大陽光又紳士，讓人容易親近，在一群美女學員中我的活潑開朗引起注意，除了翩翩君子弘文、空中少爺世凱、大學生明洲、帥氣俊美的星期五公關亞宏都向我提出交往的要求。

我選擇和弘文接近，他善良單純、個性明亮，我很明瞭他對我的好感。他外形出色，獲得走秀和拍廣告的機會，我走平面不夠亮麗，走舞台又不夠高，中途被刷了下來。

同期學員為我特舉辦北海夜遊歡送會，恰好隔日弘文在白沙灣接受救生員訓練，他提議夜遊後可同往白沙灣，難得大家興致好，瘋一夜也無所謂。近清晨，大夥兒累了、散了，我隨弘文往沙灘。

「一個人可以嗎？」他頂著豔陽挑起眉。

「嗯。」我點頭，他奔跑歸隊，深陷的笑窩回頭看，我比了個ＯＫ，揮揮手。坐在白淨沙灘上，海浪一捲捲湧上來，泳將們驍勇地迎著浪頭，浮沉間模擬救人的任務，高大的弘文在海的懷抱裡是艱辛又渺小的，我的目光集中在那一小丁點，不曾離去。

曬得紅通通的臉，他上岸喘著氣，「哦，女朋友喔。」一群學員呼嘯而過，擠眉弄眼故意撞他的肩，他靦腆地瞥我一眼：「同學很可愛。」踩在軟軟的沙灘，海風拂面，一群二十歲上下的大孩子從嚴厲的受訓後解放出來，追逐嘻鬧，笑聲震響，我不禁也跟著輕快起來。

05 生命洗禮

「妳一直站在那裏，妳想游泳嗎？」我參觀弘文救生員結訓典禮，在水中教學的君走向我。

「我不會游。」我無奈地立在池畔，張望標準池裡那一群水中蛟龍。

「想學游泳嗎？」他認真看著我：「妳想學就隨時過來，我每天都在這裡。」

「我很怕水，不會喝到水吧？」我小心翼翼看著他。

「怕東怕西，妳很難款待哦。」他瞪大眼睛，我不好意思地吐吐舌頭，從小淹死的夢魘一直纏繞我，我嚮往碧綠的水波卻不得悠遊其中。

弘文咬著牙踢水浮在水面，痛苦的表情，教練一聲哨音完成了所有任務。看著他欣慰的神情，我對他比個手勢，他走向我，晃晃結業證書。

「恭喜啊，真不容易。」

「妳在跟誰說話啊？」他笑容滿面。

「啊，是游泳教練。」

「你想學游泳，我負責教會妳。」他認真凝視我，我笑笑。

「大夥要聚聚慶祝，晚上去接妳好嗎？」我點點頭。

第二天君氣定神閒坐在救生室入口，手裡拿著張紙靜靜地看我走近。我向他點點頭，從更衣室出來，忐忑不安得挪向池邊，豔陽曬得他結實的體魄黝黑發亮，炯炯有神的雙眼，挺直的鼻樑下倔強的雙唇。

「妳從淺水區下來。」一種不得違抗的威嚴，我抓著曬得發燙的扶手，碰觸到冰涼的池水，身體不由得顫抖。

他要求用嘴吸一口氣，在水中用鼻吐氣，反覆多作幾次，動一動就不會冷了。我像在彈簧墊上在水中盡情跳躍，感覺水的浮力包圍其實沒有那麼可怕。

我抓著池邊，全身放鬆，讓身體飄起來，再把手放開，看我面有難色，他靠近抓著我的手：「臉貼進水放輕鬆，身體自然飄浮起來。」

我遲遲不敢動作，眼看旁邊的妹妹飄得好舒服，好像睡著了一般。他鼓舞的眼神，牽起我的手，我硬著頭皮緊抓著那雙厚實的手，好像覺得他可以保護我不會讓我淹死。

當我再也憋不住氣，直起身抬起頭來深吸一口氣時，我看到清澈的池底，我興奮地抓著他的手歡呼，那古銅色的臉笑出了酒窩，薄薄的唇拉成一條線，他的牙好白。

我擦著頭髮，輕鬆地坐在休息區，他挨著我坐下，套了條短褲，他第一次在水中以外的地方離得我那麼近，壯闊的胸膛喘著男性的呼吸，一種異樣的感覺在流竄，我抬起頭正迎上他直視的目光，我想掙脫出來卻覺得無比溫柔，一種寧靜的溫度在我們之間。

「明天來吧。」我不敢看他的一雙若無其事的大眼睛，好像會看穿我的心一樣。

他下巴抬抬：「認真的飄，今天就做這個動作。」

看看他一臉嚴肅，我想像昨日的初體驗，戴好蛙鏡，大吸口氣悶頭進水裡。

「多熟悉水的感覺。」他在我身旁溫柔地：「水是很可愛的，妳要玩它，不是怕它，只要妳放鬆，越輕鬆越好。」

當一縮腿站直可以看見晴空朗朗，可以暢快的呼吸，我又有了栽進水裡的勇氣，陽光映照池底波光粼粼，好多小人魚兒在水中穿梭嬉戲，好像水皇宮的子民般快樂，我也想像自己是水玲瓏悠旋在這個無聲的自在裡。

他喜滋滋地：「妳看這幾個號碼，」碰碰我手臂，「那一個比較好？」

我將溼溽溽的泳具收妥，疑惑地看著他遞過來的紙，上面有兩三組號碼，腦中飄過報紙、雜誌上報導多少人為此傾家蕩產，沒想到現實生活還真有人在玩。

「33、28。」我瞥他一眼隨口說。

「好，天靈靈，地靈靈，祝我中！」他雙手合十，迥然於教課時，威嚴的外表竟包覆著不羈的心。

「中了！中了！」剛在池邊夾了一百次蛙腿，我疲累地踱進救生室，他喜不自勝的模樣走近，壓低聲音，向我使使眼色。我笑看他藏不住的喜悅，他這一刻還真像個孩子。

他訂了最上等的餐館，拱手作揖的將我奉為座上賓，所有教練一併出席，在座每一張黝黑的臉龐泛著光彩。可能真的有那麼些好運吧，竟然又陸續幾次夢到「明牌」，我自己也說不出所以然。

腳的動作做確實了，手部只是錦上添花，君持續加強手勢，叮嚀蛙腿夾水要重複一直做，每一次夾水，手再往前划水一撥，身體就有向前衝的力量，順勢起來吸氣，換氣不是刻意學的，動作正確，時間到了，自然就可換氣了。

成串汗珠淌在額頭，他仔細的耳提面命，我陣前摩槍不斷地比劃手部動作，可是望著那一汪深藍二十五公尺的彼岸，豔陽下的我全身顫抖，儘管這些日子的認真操練，可真要下水還是舉步為艱，想要逃離。

「妳可以的，不要緊張，不要管旁人，知道嗎？」

「你不能走開喔！」我緊靠最旁邊，伸手可碰到溝槽。他揮手要我入水，我頭皮發麻，雙手冒汗，一頭栽進去，拼命向前衝。接近中段，看到池底窪下深處，雙腳一軟，動作瞬間打亂，頭浮不上來吸氣，狂拍水面尖聲大叫的我竟抓不著溝槽，小時溺水的夢真實的浮現了，我的鼻子嗆得難過，「救命」聲中嚥了好幾口水，救生員都衝過來，呆呆地站在池邊看著我們。君好整以暇插著腰看著我亂喊，慌亂中我終於觸到池邊，手臂勾著凹槽痛哭出來。

最害怕的事竟然發生了，君竟然不救我，可是我又喜歡游泳，我想學會游泳，我就不會再害怕了……。我虛弱地摸著池邊上岸，一路嗚咽著更衣清理，頭也不回奪門而去。

清晨鳥聲啾啾，微光穿過紗簾，埋在柔軟枕間，想起昨天君在岸邊看著我那一副不以為然的表情，我又羞又惱坐起身。

「還要去練啊？」媽幫我拉開窗簾，我換下睡衣，打開衣櫃，望著泳具，腦中一片空白。

「如果教練認真教，學成為止，不要半途而廢。」

望著明亮的天空，想起昨日行前他專注的神情，辛苦了這麼久，就差臨門一腳，好像辜負他一番苦心。

「來囉來囉，大家在賭妳會不會來喔。」阿德教練笑開一口牙，我輕輕瞪他們這一夥弟兄，這種糗事也拿來賭，我笑著朝池水望，君一次次抓著中年婦人的手，她生硬地比劃著，認真的模樣我看得入神。

「昨天聽說很熱鬧喔。」徐教練在旁向我吐著舌，王教練也挨過來擠眉弄眼，一夕間爆紅的我成了眾人的消遣。君不知何時悄悄出現，溫和地看著我，我快速從他身邊閃進更衣室，好像作錯事的小學生。

「昨天差一點成功了。」他緊抿著唇：「妳的動作不夠熟練，一緊張就完全走樣。」我默然地抓著池邊，繼續練夾腳，練到純熟為止，他抓著我腳板調整夾水的角度，他認真點頭，陽光曬得他瞇起雙眼。

在初戀失敗的傷痛中，大學畢業的夏日，我認識和浩同月同日生的君，運動員出身的他懂我、疼我、寵我、對我訴說人世。

他在十個孩子中排行老么，出生時父親不在了，母親經營小生意，照顧十個孩子不及，在他十六歲時也走了。唯一的兄長資質愚鈍，寄望小弟能成器，據說三歲時記者來採訪，譽為「心算神童」的君還上過報，從此大哥對他嚴加管教，他天資聰穎卻調皮，逃學被抓到就是吊起來一頓毒打，越打越叛逆，七歲入游泳隊，可逃避上課，索性勤練，一路藉由優異成績保送體育系。

他有正當職業，但收入不穩又嗜賭如命，大部分收入來自於賭，以賭養賭的結果是負債大於收入，我哭著求他不要再賭了，贏時很刺激，輸了，討債的人逼追著的生活我真的不要時，他也淚眼迷濛的抱著我：「寶貝，我再也不賭了！」我抓著那發誓的手深信不疑，但每一次咒誓換得的平靜總不敵蔓生壯大的心魔。

「前幾天你皮夾裡不是還有錢嗎，怎麼都不見了？」我關了車門，盯著他側面的臉龐，他臉色微慍，不敢轉過臉來。

「你怎麼知道我有多少錢？」

「你的櫃子也不鎖，我看到皮夾露出來，幫你放好鎖起來。」救生員室裡出入這麼多人，竟然這麼大意，說不定已經丟掉過很多次錢了。

「不會啦，都是老同事，從來沒發生過偷錢的事。」

「說不定曾被偷走，故意說打牌輸的，對不？」我歪著頭打量他。

「妳不喜歡我打牌，我說是打牌輸掉了，不惹妳生氣才怪。」他向我擠怪臉。

「夏天快過去了，練習得該驗收囉。」該來的還是逃不過，我磨娑著裙襬。「加油！」他點點頭。

他頷首示意前進，輕鬆仰面朝天，划動幾下超過我幾個人身距離，我趕緊沒入水中，右邊是溝槽，左邊有他護駕，寂靜的水面下只聽到我的心跳聲，我用力夾水，享受前進的快感，放鬆心情，想像徜徉浩瀚大海，只需妳輕輕地烘托，我就能遨遊其上。君倚著對岸笑開了酒窩，岸邊已圍了一圈人，像歡迎橫渡日月潭的勇士般為我鼓舞吹口哨，我終於抵達目標扶著凹槽喘氣，他豎起了大拇指，拍拍我的頭，我笑了。

戒賭的日子愉快充實，我們共同游泳、上健身房、郊遊踏青，體育出身的他引領我體會運動後的舒暢快意，我想無價的幸福莫過於此吧！

「不賭比輸還痛苦。」他垂下臉，我頓時張口結舌，整顆心直沉。「再相信我一次！好嗎？」聲聲寶貝喚中，是最後一次嗎？早已淚流滿面的我仍期盼聽到再一次的承諾。

見他債台高築雖然生氣，但總想著他對我的好，於是我應徵了高薪、免經驗酒店女侍的工作，告訴他只要他不再賭，我會認真賺錢，將債都還清後，我們可開始存錢買房子、結婚。他答應我不欠債，但仍希望能小玩，我想要他完全改掉這個習慣也是不可能，就由著他了。

學長的主業是營造，面談時一行年紀相仿的女孩都坐在建設公司會議室裡，他看到我的簡歷幾分親切：「歡迎加入。」拍拍我。因為業務經常上酒店應酬，久之和同行乾脆開起會員制俱樂部。

外圍包廂圓形場中爵士鋼琴聲流在微弱燈光裡，小小的舞池迷離著寂寞的靈魂。小玉最年長，濃妝掩住了疲憊，「反正是大夜，不如來這。」她一根接一根地吐著白霧，笑容像天使，拿著針筒的手老練地點煙、執起酒杯，淺笑低迴在二十五歲方華。

大學剛畢業的蕭薔，換了泳裝魔鬼上身，修長的腿交疊，慢慢晃著酒杯中的金黃色液體，夾煙的玉指微微顫抖：「賺飽了學費就出國，絕不留連。」

商專在學的祖兒，濃眉、幽幽雙眼、透白的臉襯著黑髮。我常常望著那十九歲的嫵媚，「妳的男同學知道妳在那兒嗎？」她搖頭，那純潔戀人如何珍藏夢想？純真年代是否如風般飄散不堪一握？

安安豐腴的身材看不出剛滿十八，薄施脂粉，及腰長髮晃動生姿，常唸著同居男友，她很滿意現在的日子，不上課就來打卡算鐘點，兩小無猜一起書寫未來，深愛的他是否察覺她素淨的外衣下染色的青春呢？

侍者只做了兩星期，嘴也不甜小費自然不多，還得置身煙霧彌漫的環境，和個性直率的小琪倒成了朋友，她問我想不想賺更多的錢？神祕兮兮指著報上的廣告：「優雅的氣氛中與您談心，歡迎前來鑑賞」。

我倆循著地址，找到了鬧中取靜的高級住宅區中這家咖啡廳，它的外觀與一般西餐廳無異，內部陳設高雅、樂音嬝嬝，寬敞的沙發中衣冠楚楚的男士一雙雙奇異的眼神，我和小琪互看一眼，經理已笑盈盈迎了過來，年輕斯文的小張留著鬍子，竭誠歡迎新面孔的加入，時間彈性、收入高、不傷身體的條件下我開始上班。

包廂生涯暗無天日，客人在昏濛濛的空間並不理會螢幕中的劇情，直接上下其手，無論他是大老闆、上班族或是煙一根接一根的自由工作者。「新鮮期」的定律讓我每天滿檯坐足八小時，下了班和男友上高級餐廳享受美食，聊聊一天所遇形形色色的男人，帶著一日所獲數千元逛名品店，也沖淡了一天的疲憊。

小娟中等個子，一雙仔細描繪的烏亮大眼，微啟的唇像玫瑰花瓣淌出汁液。她永遠活力充沛移動著美麗的身影，下樓進包廂，和客人親暱地外出或是偎著櫃檯，看看今天坐了幾檯、出了幾次場。

客人較少時，經理小張和小娟會坐在一角，小張總是專注地看著她，小娟甜膩膩地牽動那美妙的唇線，總覺得小張很愛這個靈巧的女人，可是每天看她進伸手不見五指的房間任人撫觸，目送她巧笑倩兮地挽著客人外出。

「賺錢是她唯一的興趣，她根本就是個賺錢機器。」他無奈苦笑，難道為了愛，他已完全拋下男人的尊嚴，只要她存摺的數字越來越多，所有的一切在愛覆蓋下已不重要了嗎？

小思是下班來兼差的，一頭似瀑布灑開的綢緞、白皙的皮膚，輕聲細語，她來去匆匆，幾天來一次又翩然離去，小張盼她常來，卻每每黯然送走那淡紫雪紡紗的倩影。

小郡性情如同她的長髮，直直披肩而下，無生氣無變化日復一日。她總是準時坐在固定的位置，兩眼定住不知想些什麼，從不與人交談。

我知道她不出場，可也想不通那安靜的個性如何應付樓下那些牛鬼蛇神？那沉默靈魂何以抵擋那人性最原始的慾望？

珍妮佛、伊莎修長身姿，貼身恤衫、豐滿臀線包覆著短熱褲。她倆從不浪費時間窩在那令人頭昏腦脹的小小房間裡，賺那一個鐘點區區幾百塊檯費。

小張拉著我到櫃檯：「願意出去休息嗎？價錢由妳開。」他下巴努努衣冠堂堂、油臉禿頭的房地產大亨。

我轉身冷冷地：「再多錢我都不要。」

他眼光移向那對春風得意的姊妹淘：「她們輕輕鬆鬆陪一個好客人，妳得在房裡待好幾個小時。」

「她們是美國回來的，狠賺一筆回去，沒人知道。我不行啦，我不能對不起我男朋友。」

他笑著搖頭，小思也是選擇性的出場，這樣才留得住男人的心啊。希望我不要那麼固執，要選擇好客人。在他眼中條件上乘的女子，自然會幫忙過濾客人，要會變通，不要死板板，來這兒不就是想多賺一點錢嗎？

小思也出場？是真的嗎？我以為飄逸優雅的女子是不沾染塵埃的。「都是回頭客找她的。」他肯定地回答，我還是沒辦法接受。我搖著頭直奔休息區，第一次見面的陌生人竟然要我陪上旅館，打死我都不可能。

斜對面一雙眼睛已注視我許久了，我知道目光的主人是老闆以前的同事，老闆作房地產起家，經營西餐廳、KTV和這家賺大錢的MTV咖啡廳。他常常點杯咖啡就坐一下午，看資料或牆上的大螢幕電影。

小張喚我進房，一開門竟然是他，我迎向玻璃鏡片後誠摯的目光微笑著。他遞上名片，「耿銘」兩字映入眼簾。

「忠心耿耿，刻骨銘心」如此自我介紹，我忍不住笑出來，他有些語拙，木訥的態度和印象中靈活積極的房地產商不一樣，讓我對建築系出身的他又多了一層好印象。

包廂裡飄著輕音樂，「把電視關了吧。」

從他手裡抽開手，關了開關，坐回他身邊。

「怎麼想來這兒？」

我淺笑著回應他溫暖的語調：「我還在唸書，偶爾來打工。」

空間瀰漫著他的髮膠味，最近政府官員出訪的新聞，中年男子的氣質、容貌、衣著考究和照片上神似。

我的手被包在他的手中輕撫著，「妳沒有出場吧？」

我晃著頭：「我只是學生，不需要那麼多錢。秀秀也不出場，是嗎？」

「妳倆都是高挑清秀，她多一些成熟的韻味，妳有一股清新的氣質。」他慢慢地喝了口茶。

我凝視他沉穩的面容：「您工作繁忙嗎？」

「唉，到這兒來讓妳陪陪我，紓解不少。」

「我也覺得能和你渡過這一個小時，好像和一個朋友在一起，沒有壓力。」

他輕拍我手，穿上外衣：「如果妳也出場的話，我就不會找妳了，非不得已，不要走上這一步。」

我握著每天中午貫例千元大鈔小費，目送那西裝革履的背影，我不禁迷惘了。

妹考完托福準備出國唸書，媽問我想不想也出國唸書？

我挾了一塊紅燒魚：「店裡生意越來越好，我調到下午班支援。」迴避她的詢問，我點頭：「嗯，好吃。」

「這樣子啊，那以後可早點回來囉，夜裡回來總是不放心。」

「對啊，夜班讓小傑負責了。」

「大衛還是常常約妳啊？今天雞不錯，黃瓜炒得剛好，多吃點。」她舀一匙放我碗裡：「每天你們都不在，我們兩個吃的少，菜都吃不完。」

「沒啦，我跟他不來電，而且他好像怪怪的。」我聳聳肩，媽炒的青豆蝦仁香脆爽滑，我舀了一瓢。

「怎麼了？」她抬頭，

「唉呀，反正就是怪怪的嘛！」我低頭喝湯，不想解釋大衛的婚姻狀況。

「那弘文哩，我看這小孩家世、談吐都不錯，又對妳很癡情，怎麼樣？」她盯著我。

「媽，妳想太多了，我們是兄妹情，我早就跟他說清楚，不要耽誤他去追求別人。」

「啊呀，放棄他很可惜喔，我覺得你們倆還蠻配的。」

我嚥了最後一口飯：「是啊，每個人都覺得我們很配，可惜我就是不來電。」向她吐了個舌頭，拿著碗筷溜進廚房，怕她追問我的交友情事，我已經像個毛線球層層纏繞理不出頭緒了。

「證券公司張大老闆，貿易公司許老闆，建設公司王董還有電子公司陳董都是老客人，」小張經理走近坐在旁，我信手翻著雜誌，「他們都在問，都等妳點頭，個個稱頭又nice，價錢又好……。」

「我知道他們很好，從不會毛手毛腳，來都會點我連檯，還有小費。」

「陪好客人出去散散心，」他抬抬眉：「荷包滿滿又可留住他們的心，何樂不為？」

他和顏悅色地勸說不要太固執，男人都缺乏耐性。陪陌生人上旅館散散心啊，我搖著頭，就算對方條件再好，那是絕對不可能的，我不能對不起君。

他看著我看看四周，周遭熟面孔客多，半年來多領教過了，等不及我陪出場•不是另找新歡就是不再光顧了，熱衷坐檯咖啡廳新客人又有限，他無奈笑笑，拋下我一人在寂寞的大廳。

「聽說小張最近猛盯妳。」小琪風塵僕僕，一縷清香飄近。公司業務忙碌，她抽不開身，已經一段日子沒來報到了，「忙死了！」她環顧四周，撩撩髮梢，髮絲滑順地落下肩膀。

忙才有錢賺啊，那像我每天坐冷板凳，快變化石了。我一手撐著臉作白眼狀。她在我臉龐搜尋答案，我不像她，想來才來，打發時間，我沒有選擇。我無神地點點頭，頹然往沙發裡靠。

她認為來這裡賺一些零用錢就好，出場就太可惜了：「不如來我公司接case，妳以為明星、model靠唱歌、演戲、服裝秀能賺多少？還不是靠外快，輕鬆又賺得多。」那張稚氣的臉，真看不出多年經營模特兒經紀公司。

公司業務好時員工幫她賺錢，清淡時自己出來賺零花，如果我真的決定了，到公司來培訓，這樣子價碼會更好。她自信滿滿地說。

我要是會唱會跳，只要有興趣、有心學，早點出道早點收成，也許是一條路，但演藝圈不適合我的性格，我懶洋洋地瞥向那期待的眼神，現在只能走一步算一步了，我的眼光落向遠處，茫茫然無止盡處。

「我現在只剩老客人，收入少很多，不知能撐多久。不如……，」我嚥了嚥口水。「那種錢不好賺。」君難堪時會挑眉，我何嘗想走這一步？那雙大手的主人話猶在耳，但繼續累積的債務，加上我倆的開銷已經全由我負擔，只有任憑淹沒慾望之海了。

感覺不對，可隨時喊停，我和小張取得協議，「帥哥放心啦！」他拍拍我，笑著比ＯＫ手勢。我低著頭和耿銘步出咖啡廳，繞過公園就是旅館的入口，這些日子雖然和他相處感覺溫暖，也聊了許多，但兩人同行還真需要勇氣。

「妳第一次來嗎？」我點點頭，坐在床沿傻傻看著他，我撩起薄毯，撫摸冰冷的床單，看著偌大的空間。同行的人雖不陌生，可是決定我今後命運的起始點？我緩緩走進浴室，鏡中一張糢糊的臉，是水蒸氣還是愛情？讓我什麼都看不清了。

我包著毛巾鑽進毯子，他為我蓋上毯子：「妳知道我注意妳很久了。」他摘下眼鏡，臉貼近我。輕聲詢問我對房地產有興趣嗎？希望我跟著他學作房地產，非常樂意教導我。他不是羅曼蒂克的男人，語氣卻很誠懇。如果沒有君，我是否會選擇他？如果沒有君，我也不會在這裡遇見他了。命運的安排很微妙，我能重新安排我的命運嗎？我沒有回答他。

他撐起身，笑容溫厚，眼神一如以往，「我知道妳不一樣。」

「可是，我還是來了。」我縮起身子，定定看著他。

他將燈光調暗，揭開毯子：「怕嗎？嗯？」淚水溫潤了我，浩也這麼說過。有些擔心的我被他帶領，輕聲在我耳邊呼喚，讓我想起和浩的初次，我完全交由他，只是緊抓他的臂膀，他身上的肥皂味讓人放心，但下部異樣的感覺讓我的臉紅了起來，他的唇輕碰我臉頰，我半閉著眼。

我知道他並沒有將我看成小娟一類的女孩，為了錢什麼都可以放棄；他想帶我走，我相信他不是個壞人，如果真心交往，他會善待我。這些日子以來出入多少男人，他不高大俊帥，但他的懇切實在可讓人依靠，是這冷酷叢林唯一的陽光。

我何嘗不想回到正常的生活？在公司裡上班，和一個正常的人談場戀愛？

我的家人、朋友，他們知道我現在在作什麼？我能告訴他們？他們能接受現在的我嗎？

我和耿銘去看《遠離賭城》電影，我濕糊了眼眶，他幾度探詢我的情緒。其實我就是劇中那個出賣靈魂，和失意的賭鬼相依為命的可憐女子。

我終究沒能答覆他的善意，沒能抓住汪洋慾海中唯一可能讓我上岸的浮木。半年後點檯的客人完全枯竭，小張將我帶離咖啡廳轉介給麥克，我進入了高級應召女郎行列。

06 碎片紛落

※常客商人羅伯舒適的房車裡，高級音響流出精緻的音質，飯店中的美食，大如房間的衛浴，寬闊潔白的睡床，耳畔輕聲細語，我瞬時迷惑了，「感覺不好，隨時停止，好嗎？」一籌莫展的君握著我的手。我沉醉於羅伯的瀟灑多金，盼望麥克都能如此善待我。

※短小精悍的律師精力旺盛，緊擁著我，我兩腿軟麻，氣若游絲地撫著他的背。他得意的抓著寶貝，嘲弄地瞥了瞥，將我撂在孤冷的大床。

※期貨商人佈滿血絲的雙眼、蓬頭油面、冷漠的神情和近乎狂虐的發洩，我搗著小腹蹲在浴缸邊，任熱水奔流而下，我第一次哭不出來。

「寶貝，今天想吃什麼？」君從外面進來：「我今天有贏錢，哈！」我疲累的陷在懶骨頭裡摩挲著小腹，聽到他在牌桌上略有斬獲，心裡輕鬆一些。

「不舒服嗎？肚子又痛了？」他蹲下來，手伸過來，皺起眉凝視我。

滿室煙霧裊裊，我閉起眼，用毛巾壓住下腹浸在浴缸裡，溫暖讓我沉沉睡去。小女孩的怒氣聲夾著嗚咽：

別關住我呢，這兒好黑好冷。

是誰在說話？是妳嗎？

我在這兒很久很久了，妳看到了嗎？

每次我難過傷心了，妳都知道，妳一直都在，是嗎？

她不帶任何表情。昏暗層層疊疊湧現，我緩緩張眼，熱水蒸融了淚淋漓傾洩。

「寶貝，我們不要賺這種錢了，好不好？」君糾著眉，坐在床沿揉捏我的肩膀。

「你以為我願意嗎？」我淚如雨下，快樂已經越來越遙遠了，我轉過臉，如果不走這條路，我們吃什麼？所有開銷，債務怎麼辦？那一天才能存錢買房子？我抽搐著，他眉頭深鎖。

我喜歡賺這種錢嗎？我用手背拭淚，別人賺得輕輕鬆鬆，我沒本事，兩三天就得看醫生，醫生還問我是否在特種營業上班？我低頭裝聽不懂。

「不要了，太辛苦了，」他搖頭，抱著我：「都是我不好，我應該阻止妳去的，我該死！我……我去兼個差，我們租便宜的房子，省一點還是可以過的，只要兩個人在一起，好不好？寶貝。」他抓著我手，急得漲紅了臉。

可是我想和相愛的人廝守，我們要結婚，我想有自己的房子，我想和伴侶長長久久、永世不分……難道這平凡的嚮往輕如塵煙，隨風飄散？耳邊又飄過麥克的話，既然決心走這一條路，趁年輕賺一筆走人，從此不回頭，不要三心二意，青春有限。

「我餓了。」我整理了面容，坐上摩托車，我準備好了嗎？晚風拂面，臉貼在他背上，突然想起從前。

※煙薰遍佈整個房間，教授赤條條的坐在床上，他喚我坐在身旁，桌面堆滿酒瓶。在他醉意的眼神中，我緩緩走進浴室，面對浴間的鏡子，水蒸氣朦朧了鏡面，鏡中的彩妝讓我陌生了起來。是那和浩初墜情網，純真無暇的我嗎？是那在鏡前顧盼再三，盡情戀愛打工的大學嬌嬌女嗎？是那個君子弘文心中活潑慧黠的我嗎？是那殘酷叢林中，翩然伸手的耿銘欣賞的那個我嗎？

或者什麼都不是，我，還是我嗎？

和教授耗上一天，疲憊不堪的代價是花花綠綠的大鈔，只要能換得我和君的未來，濃濁酒氣吐在臉上，陣陣暈眩，陪他做了再做都算不得什麼。

「孩子大了，她有自己的生活。」妻子無法參與他吧，他需要一個溫順的女人陪在身邊。

我累了，荷包已飽，像條魚似的從他身旁溜走。

他兀自拿起酒杯：「下次見，寶貝。」我又吻了吻他鬢邊的白髮。

※機長面容略帶風霜。「要不跟我去打牌？」和煦的眼神移向我。

我從未看過君在牌桌上的樣子，我在旁，若居下風，打牌時冷靜、不動聲色如他也臉暴青筋、冷汗直冒，我怕他輸錢，不敢看也不喜歡給他壓力，更別提那煙霧繚繞，薰得人頭暈的環境，他從不喜歡我出現在那種場合。

我靠近機長放下咖啡，自己倒了杯熱水暖手，我嘟嘴搖頭。

「還是妳想去那？」他略帶棕色的瞳孔鑲在大而深的眼眶裡。

「不怕碰到熟人？」我故意斜睨他。

「我太太出國。」他淡淡說，含了口咖啡慢慢滑下，喉節輕微地震動。

「工作壓力大嗎？」想像他在駕駛艙裡執行任務的風采。

「習慣了，生活正常，讓身心狀況調到最佳。」他攤開手。

「如何疏解壓力？」我偏著頭。

「盡量放鬆囉，泡溫泉或打點小牌。」他眨眨眼站起來，高出我半個頭，我嗅到古龍水香味。

「妳有一種讓人舒服的感覺。」他低頭看我，微弱的光暈灑在臉上，在藍調音樂催化下他輕嘆了起來，吻吻我額頭，「陪我好嗎？」他從後摟著我，堅實軀體內的柔弱在面前無所隱藏，我把手按在他手上。

被擁有的感覺是溫暖的，而竟未曾發生在和浩或君之間。他撫摸著我的肌膚，我微瞇眼，渴望一雙大手溫柔地為我拭去疲憊。他在鏡前凝視我，我微笑點頭。

※從山莊宴會出來，富商駕著車沿濱海而行。熱絡的喧鬧，衣香鬢影間的交頭耳語讓玲曉有些疲累，富商略帶醉意地沉靜。

午夜的海上幾盞船燈隨浪波閃動，黑色的海如鏡，月光輕透。吹著風，將華麗抽空，獨自面對自己，她感到寂寞，一種身處在人群中、生活被刻意的安排下所無法體會的感覺。

大學畢業按部就班地擔任祕書的職務，細心勤快的工作態度三年升任董事長特助。是該慶幸如此際遇，對年輕女孩來說無異頂上冠冕，榮耀幸運集於一身。

玲曉的舉止得體貼心，散發的溫柔無意地讓中年的上司獲得慰藉。就在一次晚宴應酬後他多喝了些，她叫了車盡責地護送，返家的路上他嘔吐難耐，為舒緩不安，倆人走上人生的叉路。年輕的生命從此改寫，她每想到此總緊閉雙眼，彷彿可以無視那雙略帶憂鬱的眼神。

幼年喪父和母親相依為命，她需要這份待遇改善家境。幾番欲走還留，驀然回首，那人卻在燈火闌珊處，明知沒有明天，明知歸途渺茫，越愛越寂寞，越行越孤獨，她不忍切斷這份羈絆。

走過春和冬，夏和秋，花開花落，我終於嚐到人生的痛。
究竟要追求什麼，該償還什麼，這一切我還在迷惑。
夢境不可說，不可捉，也不願承諾，我終於嚐到人生的痛。
究竟要追求什麼，該償還什麼，讓回憶陪自己去過。
隨風而逝，隨風而逝，記憶編織曲曲折折的夢，隨風而逝，隨風而逝，我又何必頻頻回首。
多少迷茫的夜晚，曲聲縈迴，心中輕輕低吟著。於是她在這裡，陷入了沉思。

※倚在床上，他直勾勾盯著我，稜角分明的臉龐不帶血色。

「女人都是賤貨！」他突然把我按倒在床，動手扯我的裙子、上衣，直撲而來暴雨的吻。

「王八蛋，嫁給那個博士。」他發瘋地扭我頭髮：「妳去死吧。」狠狠瞅了一眼動彈不得的我，雙手緊掐我的大腿，浮現深深的紅印。

他齜牙咧嘴，呼吸濃濁地重喝一聲，迅地抽身，再丟下一個仇恨的眼神，我頓時癱在亂如廢墟的床中。

「她選了別人，祝福她吧。」我把水杯貼在發熱的雙頰，感情的終極不就是尋求快樂嗎？可預見的幸福還諸所愛不也是完美？

他點了煙，煙霧裊繞他的側影，轉過臉又瞪我一眼，一個落寞的剪影立在窗前，悵然聲迴盪在冷卻的空中久久不已。

※畢業時他落榜了，服役時兩人在公車站重逢，薇薇安從前方走過，他喊出心裡的名字，回首的剎那她怔了怔。

「遠遠就看到妳了。」那留著三分頭的面容多了幾許成熟，她依然是那燦爛的笑容。

車來了，他跟著上車並肩坐在一起，他不時望著凝神窗外、心卻似水波翻騰的她。

「一個大轉彎我靠向他，他緊快握住我手腕。」好像再也沒時間了，他孤注一擲抓住她，那熟悉的溫度並未讓時間沖淡，他將許久以來的自責、思念都放下了。

彈卻灰燼，煙霧遮掩了薇薇安半邊清秀的臉。純愛逃不出現實的距離。「他退伍回來一直不順利。」一口煙長長吐盡，雙眼凝住窗外。

「我一直未曾改變，但他又逃開了。」

她和我都是讓那份不捨，莫名的離去了，堅守溫暖不了脆弱的心，如今我倆的心安在？和心中的聲音相遇了嗎？

她還是沒轉過臉來，窗面薄薄蒙一層滄桑的顏色，我碰觸冰涼的面頰，淚水已經乾了。

※「展場最亮眼的佳麗，大學畢業。」麥克向客戶殷殷推薦的小雙，高挑、長髮、自若地迷人笑容。

她接納了無數傾慕者中的唯一，名片交到了留美回國的室內設計師手裡。芳心初動的她與心似鹿撞如他相約幾回，設計師深情告白，她在電話那端無言。如果他知道我是人體攝影模特兒，不知會不會拂袖而去？以後我們不會再見了，她在心底悄悄地說。

兩個年輕生命交會互放光亮的此刻，卻是小雙告別悸動之時。「我心裡激動的淚水淌下，可是我不能哭。」

愛是可以超越的嗎？有任何東西可以彌補失去愛的缺憾嗎？設計師望著空樓黯然。

還會回憶起這段嗎？「愛情淺嚐即醉，現在的我更不可能夢想了。」小雙緩緩打開鏡盒，那臉孔是那麼不帶一絲表情的平靜。

「要不要去看小三？」媽問我，

我避開她的眼：「人手不夠，老闆不讓我請假。」

「大衛人好不好商量？請一個禮拜都不行嗎？」她湊近我。

「最近生意好，比較忙。」梳妝完畢，邊穿鞋邊搪塞她。

「早點回來，晚上回來小心。」她跑到門口。

「知道了。」我揮手。

我將頭髮梳直，髮夾夾好，布鞋牛仔褲出門，周六早晨，晚起、踏青日。灰濛濛的天，站牌下，雙手來回摩挲，藉呼出的口氣溫熱。公車姍姍而來，踩上階梯，「早。」司機先生暖暖的笑，稍溶冬晨之心。

昨夜雨洗公園，綠意新染，蒼翠無聲漫入窗裡，林間鳥語，幽緲澹香，流浪漢滿腮苔蘚也可愛十分。清道夫母親持掃帚，小女兒幫著拿畚箕，清懷淺笑，迎著晨曦揭開一日序曲。微光斜進，空蕩蕩車廂迴揚著駕駛座飄來的口哨聲，即將滅頂沉睡之海的我，瞬時破水而出。

三兩人車偶過，街道猶然初醒，空氣分外淨明，悶濁、晦澀已久的心深飲滿室舒意，驅使意念貪婪捕捉窗格裡的暢快清新。

擁窒、混沌的都市霎時沉澱，天際明光耀現，人們趿著悠閒與大地同甦，怡然漫賞，笑語歡聲，好幅至善人間圖景。

※我雙手放在腿上，不安地撫弄手指，他就一直坐在對面，審視比他高出一個頭的我。

「家裡需要錢？」他扭捏地晃動身體，我乖巧地點頭。「乖女兒。」似乎同情我，又覺得自己是個大善人，他吃吃地笑了兩聲，一直搓揉著紙巾，好像手上有擦不完的細菌。

「妳先到浴室，洗乾淨一點喔，洗好穿上粉紅色的浴袍，知道嗎？」

我穿著不知多少個為了「家人」，而出售「初次」的女孩們穿過的浴袍，捧著T恤、牛仔褲出來，他滿意的掩上房門。

他輕撫我的身體喃喃自語，我「初露」的胴體含羞帶怯，他終於感動地又目睹一個聖潔女孩兒為他初綻花朵，在他純白的絲綢床單上。

我裹著浴袍，眼角微溼，無生氣地關上浴門，血球隨著抽水馬桶漩渦而下。

「放太外面，太快發生效果；太裡面，又碰不到。」出了特約婦產科診所，麥克訴說「道具」放置的祕訣。

像經歷一場浩劫，不知所措地坐在沙發裡，接下豐厚的紙袋。

「謝謝。」我低著頭，用痛楚得不能再痛楚的聲音。

※他有著純粹的笑容，白皮膚，灰色的眼睛。白天裡在熙來攘往的大城市中擁有首屈一指的補習學校，數不清的優秀學生，是一位深受眾多師生、家長愛戴的教育工作者。

可是別人怎麼能知道，就是那拿起粉筆、教鞭，誨人不倦的那雙手，會任自己剝去高尚的外衣，在幽冥的夜裡狂放迷亂？那細緻的妻子在每個寂靜的黑暗裡，又是如何意識自己是何等空空蕩蕩？任何親吻，任何鮮花，任何愛情的誓語都無法填滿。

那彼此間的深溝傳出空曠的聲響，接著，漸漸地就會變成黯淡的聲音。她是一個會發出微不足道聲浪的年輕女子，她和所有女子一樣，僅僅祈求單純的幸福意義。

他和情人幽會時，企盼尋找內在的罪惡，這份罪惡感又像跨越了道德的藩籬，堅硬、佈滿荊棘的鐵網扎穿了忠誠，他又露出孩子般的笑容，因為在短暫的、極深的夜裡逃離婚約的鎖鏈，這份罪惡的喜悅讓他笑了。

※梳著馬尾，白淨面容的劉姊將沙龍照遞給麥克，他點點頭。

「她很珍惜羽毛。」她加強語氣：「上次『肉腳』介紹個大律師，佳怡可把我罵死了。」她餘悸猶存地。

「價錢要好，又要好應付的上流人士，嘖嘖。」麥克搖搖頭。

自動門開啟，一個窈窕的人兒輕巧走來，她的臉蛋漾著光亮，粉彩的年齡，輕輕喚起瀏覽少女雜誌的美好回憶，伴隨少女情懷成長的夢。

她的背影姍姍遠去，那靈魂可桎梏著壓抑的渴望？在慌亂的青春、在多變的人世。

※「在想什麼？」

他搖頭，手上戴著佛珠，我看著他的側影。他轉身凝視我，眼神玄譎：「妳的智慧停留在十九歲，那時應該發生了一些事。」我的心怦然一跳，時間上雖不是很精準，但初戀傷痛的盒子似又被開啟。

我向來不信這些，看著手上的名片。

他卸下一身唐裝，我鑽入薄毯，看著那男性的象徵上環著裝飾物，我倒抽了口氣，僵笑著。他瞇著眼深吸了最後一口煙，翻過身。

哀求聲似乎阻隔在他的全神貫注之外，那偏頗性觀念下的產物讓下部肌肉擴張，塑膠球環冰冷地摩擦著。我咬住唇擠出聲音，讓自以為那裝置能使女性銷魂的他得到慰藉。

冷汗從額頭、雙手、腳底滲出，全身筋肉緊繃，我偷睨著這個微閉雙眼，有著和天花板一樣慘白面容的人，他深深地提氣吐氣，像練功般對待這種事。

潛心運氣了幾個回合，他緩緩張開眼抽身，我又是一陣冷顫，被撐開的傷處紅腫灼熱。

「還是希望妳和我連絡。」我為他披上衣服，他揮揮手。

從飯店中庭的窗口望進去，他正盤坐床上，口中似唸唸有詞。「真遇上怪力亂神了！」我摸出那張名片撕個粉碎，步出門口拋向空中。

※「這個可能有些棘手。」麥克停頓了一下，我們走過長長的廊道，他使使眼色帶上門。

僵硬的臉部線條，不帶表情的他將煙熄了，完全地蔑視我悶聲進入，一陣痙攣，雞皮疙瘩上來。擠壓的重量讓血肉失了溫度，再也保護不了柔弱的身軀，刺痛鹹濕了下唇，我喘著氣雙腳無力地搭著，他得意地笑。

我是祭壇上的弱雞，動彈不得的下身已痲痺，時間慢慢過去，他冷笑一聲。他皺眉，不斷地點了煙，煙盡又起，霧幕深處，那張狂的靈魂想證明什麼？挽留什麼？緩解了靡亂或更燃起了寂寞？

我拖著身軀緩緩走著，心緒雜沓零落，廊道幽深漫漫無盡頭。

「我不想了，我真的不要了！」我跪在床上頭搖得像波浪鼓，我不要買房子了，什麼都不要了！為什麼？為什麼？我妹妹是留美碩士，我是……，我不要，我不要！君擁著雙手捶打床，狂烈哭喊的我。

捧著我哭花的臉：「妳把我的心都哭碎了！不要哭了好嗎？」他抹不盡我奔流的淚，眼眶溼潤地嗚咽：「休息一陣，什麼都不要想好不好？妳想作什麼都可以，還是我們出去走走，去東南亞玩還是日本？最近我們比較沒那麼緊，妳看，」他掏出皮夾：「裡面滿滿的，不要擔心啦！最近手氣不錯，一直自摸，我都有賺錢啦，好不好，寶貝，妳說好不好？」他拿著紙巾細細擦拭我的淚。

「回家洗個熱水澡，明天的事就交給我，嗯？」他牽我下床，「腿跪酸了吧？回家熱水泡熱一點，讓它血液循環。」

他喜孜孜地打開抽屜摸摸「簽牌基金」，將厚厚的皮夾在手上掂掂：「戰利品耶！嘻，妳沒看到我一家通殺他們三家，他們臉都綠了，哈哈哈！我就不相信我就一直那麼背！」他得意地將皮夾放回褲袋，緊緊握住我：「寶貝，現在開始妳不用上班了，我養妳！」

我的收入扣除房租、吃飯、置裝以外全部放入抽屜，每次打開時看見少了，就知道他又「摃龜」了，翻開他瘦癟的皮夾，心不由得抽緊，打牌又輸了，如果胖飽飽的，獨自支撐生計的心裡負擔就減輕些。

他是個迷路的小孩，更是個頑皮的小孩，還故意躲起來讓人找不到。

※他聞了聞茶香，含了一口，探詢我認識麥克的原由。和悅地神情，我不好意思表示是經朋友介紹，我微低頭。

作生意的人會認識形形色色的人，酬謝客戶上酒家是一般的，有些客戶久了有點交情，如果需要水準高一些的女子陪伴，就要靠麥克居中介紹了。原來男人的世界充滿利益交換，他的坦然讓我初識男人的生存遊戲。

他又喝了口茶：「我大江南北跑遍了，什麼牛鬼蛇神見的多了，應酬場合女子也看過不少，我這麼說妳別介意，我以大哥的身分告訴妳，妳不屬於這裡，相信我。」他雙眼炯炯有神，煦煦光芒。

我心裡微微發熱，我不屬於這裡，那又有誰該屬於這兒呢？我不安地摸摸髮絲。

「今天我們純聊天，」他將茶一飲而盡：「嗯，好茶。」我欣喜迎向他，他起身戴上鴨舌帽，微笑頷首，輕落在肩上的手溫竟讓我的眼睛有些霧飄上來了。

※直髮下冷漠的表情，臉上的妝似傾圮的樓房，斑駁地落下粉塵。和先生共同經營成衣公司，兩人同心共苦，正享受甜美果實，夫爆出婚外情，莉萍選擇寬容，兩人平靜的生活維持好一陣子。

適逢不景氣，因應成本，許多廠商紛紛外移大陸，夫一籌莫展眉頭深鎖。她經過介紹認識了麥可，慶幸周轉稍有起色，她更認真接待麥克介紹的每一位客人。

「成衣廠劉老闆人很客氣，他喜歡高挑、氣質好的。」莉萍心一驚，怕遇見同行，籌措資金的管道斷送，苦心枉然並且在業界傳開，夫妻如何面對醜聞？想到此不覺寒意涼上背脊，飯店豪華的廳堂、高雅的樂聲霎時都似霜凝封住了，踩在客房幽靜廊道，伴隨緊促呼吸，步履不禁沉重。

棕色房門微開，她緊跟麥克身後，看到了那令人昏厥的影像。

那天一位客人酬謝可觀的小費，她滿心歡喜地買了淡藍襯衫搭紫色領帶，他穿戴整齊緊擁她：「下午和老王約好飯店咖啡廳，謝謝我的好老婆。」耳邊一吻，她滿足閉上眼睛，這段日子好長好久啊！景氣再難堪、忍辱籌措資金，她都堅信可捱過，希望烏雲終將消散，所有的付出都值得了。

跌跌撞撞出了電梯，她失神地漫無目的走著，是否老天懲罰我的背叛？我是否錯了？

她選擇了無條件離婚，賺錢是永不懈怠的任務，從今爾後金錢是唯一的依戀了，「它永遠不會背叛妳。」她捻熄煙，步履堅定。我不知道那藏在假髮下的真實，如同那張凝結風霜雪雨的面具後，曾經炙熱的心仍存幾分餘溫。

※「女人會來這兒，不是為家人就是男人，只有這兩種。」楊凝視我，我搓揉著裙角，飄飄的望向窗外。

「妳不屬於這裡，第一次見面我就知道了。」他直搖頭認真地說，商場上經歷久了，見的人太多了，我散發的是不一樣的感覺。這雙實在的眼神，讓我想起了耿銘。

「以後我們可以見面嗎？」他圓潤的臉笑著，富態的身軀靠近我。他假日會陪家人，平日白天在公司，下午都可以安排。

和家人感情好嗎，我支著頭看他。兒子和媽媽感情好，母子說不完的話，他插不上，楊赧然地笑。小孩和媽媽親好像很平常，爸爸在外忙錄，缺乏親密感，在很多家庭中上演。我試著安撫他。

可是時間久了，父子間會變得很客氣，孩子很聽話很順從，但是覺得除了尊敬，感情其實很疏遠的，越來越沒有話題，他無奈地嘆了一口氣。

「還好我有一幫生意上的朋友，以後就一塊聚聚，嗯？」可是我不懂交際應酬，不能幫他什麼。我輕搖頭。

「不需要應酬，妳什麼都不需要為我做，只要陪在我身邊，好嗎？」他期待地拉起我手，我腦中浮現耿銘的話語是如此的熟悉而久遠。

※薇琪大學畢業即結婚，她獨自育兒。先生退伍後想自立門戶，她幫忙經營生意。公司業務漸入佳境後，他在青商會裡結識一群朋友，最喜好方城之戰。

每天早晨她打點孩子上學、趕到公司，他還在呼呼大睡，直到下午才見他蹤影。下班立即上牌桌，廝殺個天昏地暗，半夜三點以前不會進家門。

「最可悲的是我竟然哭不出來。」沒有餘力貼近悲傷，像陀螺停不下來，好像一鬆懈就會瓦解，小女人默默一肩扛起所有責任，延續長久以來的堅強在漫漫長夜。

失心的男人還遠征國外賭場，輸掉了幾千萬，她賣了眺望山林的豪宅、結束了公司、簽妥離婚協議書，帶著一雙兒女重新生活。孤傲沾染冷冷的悽然，凝望遠方，許多迷惑困頓，最後的答案留待時間證明，是不？

※「妳介意無法得到滿足嗎？」

白淨斯文、年輕的留美企管碩士是第三次見面了，望著那乏力的「小東西」躺在我手裡，我照例偎著他，有時他需要我撫「它」，有時又輕輕地交回給主人，像對待自己病弱的孩子般。

他不碰我，好像我是個聖者。

「性並不是最重要的，對女孩子來說。」

一鐘點的時間，房裡流洩慵懶藍調，我沉浸在他緘默的感覺。

每次在他由衷的謝語，我手中握著大面額的小費，輕聲道再見後，我會深深的凝視那將被門掩住的溫柔的臉。

※他依然保持淡淡的笑容，和上回見面時一樣端坐沙發，翻看一頁一頁的照片，載滿大峽谷壯闊的景象。

喜歡旅遊，將美的景色變成永恆，依然淡然的語調，繁忙生活中能抽空出去走走，人生一大樂事。

他黝黑的臉龐散發靜默的神態，手卻摩娑著褲子，我微笑牽起他，他的手心滲出汗輕顫了一下。

藝術家一雙靈巧的手不自在地欲走還留，我靠在他窄狹的肩頭，聽到微微喘息聲，我的眼神在那木訥的表情上逡巡，始終未離開，他抿嘴笑笑像是答應又不知從何拒絕。

那消瘦的身材在浴巾包覆下楚楚可憐，燈光音樂的柔和賦與枕畔溫柔，唯有如此也才能紓緩那巨大的脆弱。

「女孩子在意些什麼呢？」眼神凝望前方，不敢看我。

「女孩子比較重感覺。」依偎著他，那小小孩只甦醒了一會兒，又深深地睡了。

「溫文儒雅又有才華的男人一定很受女孩歡迎。」我抓著他全身最結實的臂膀凝視他，這雙手臂創造無數的奇蹟，留下一禎禎令人讚歎的作品，除了穩定的工作，一個男人唯有精神的豐實才能彌補沒有家庭妻兒的缺憾吧。

※她掛上電話，一面哼著歌，朝衣櫥走去。過一會兒，男朋友就要來了。她要穿上他最喜歡的樣式和色調的裝扮，灑上最迷戀的氣息的香水。

她點亮餐桌上的蠟燭，將香檳注滿水晶高腳杯，待會那扇門開啟，門後的那張臉龐出現時，她將帶著品嚐的心情，就像打開一個包裝高雅的禮物那樣欣賞。

他喜歡她的手藝，她竟然樂此不疲。小琪翻著食譜，津津有味看著調味秘方，臉頰熱烘烘的表情。她繫上圍裙，他經過身旁，她無法不讓情緒停駐在留戀他的情景。

他揉她的頭髮，她跪在他的面前，像朝望巨大的神像，渴望那雄健的羽翼。他閉上雙眼，嘆了口氣。一分一秒似細沙在指間流逝，垂死於他溫煦的微風，她緊擁著孤寒中的暖意。

他抬起頭來，霧濛濛的眼睛看著她，那雙大而深的眼睛藏著不安。他目不轉睛地看著她的臉，然後垂下目光，抱住她，唇貼在她渾圓光滑的額頭，好像在訴說什麼，謙卑的想表達什麼。

「其實我真的不在乎。」小琪搖搖頭，她真的不在乎那一刻的感受。思念一種情感，只要是他，只要是他，為了他，她會不顧自己，她什麼都願意。

※我坐上後座，清新的冷氣裡飄著淡香。車平穩地在街道穿梭，扣在方向盤上的右手無名指閃著一顆小小藍寶石。

每次都接送我，買名貴的皮包鞋子，還給我很多零用金，「從來沒有人對我這麼好，真的很高興能認識孫大哥。」我的笑容一直保持得完美動人。

有緣吧，人跟人在一起也不容易，也要彼此有心，他從後照鏡望向我。仁愛路兩旁綠蔭密佈，青翠無聲漫進窗來，我貪婪地盡收眼底。

「看妳都沒有戴手錶，想買錶給妳。」他輕鬆地埋怨。

「手錶手鍊我都不太戴的，別買給我了。」我輕搖頭。

「今天送妳這個禮物，妳絕對會喜歡。」車緩緩滑進車庫，二樓房門開啟，寬闊的客廳，米白色的空間搭配紫色的沙發，臥房裡有我最愛的美人靠椅，我將自己攤在淡紫色寢具裡，雙眼閉上享受精緻的溫馨。

「妳看這是什麼？」他坐在床沿，我睜開眼，床上灑滿小白鑽，紫色床單襯托星星閃耀，我看傻了。

「沒有女人能抗拒鑽石的魅力，鑲成項鍊耳環，小女孩戴起來很好看。」他白淨臉龐帶著微笑，將小星星裝入袋中，慎重地交給我。

潔白的浴池漂滿粉紅玫瑰花瓣，池邊備有美酒點心，我將水晶杯倒了些香檳，我倆對飲而盡，雙雙閉目沉浸，按摩水注拍打著全身，可瀏覽遠山的淡紫色浴間輕音樂流洩。

他欲言又止：「啊，真好。」我閉上眼，深吸一口氣緩緩吐出，輕柔地，沉靜地，我不願敲醒他沉沉的快意。

我在大床恣意地翻滾，夢想是這兒的主人，和愛人共享寬闊的廳堂、優雅的主臥，能再有個潔淨的廚房和觀景深呼吸的露台，人生若此別無所求了，是嗎？

「接太太去吃飯。」他微笑為我開車門，作再聯絡的手勢。我何時能和幸福攜手？能遇見夢想的天使？他的車影悠然消逝，模範丈夫與斯文情人的內在是否也像駕馭房車般自如瀟灑？還是寂寞越深呢。

※接獲邀約非常意外。

「我不是亂七八糟的人，我不會虧待妳的。」

其實我並不擔心的，上次見面他風度翩翩，還記得那天他拿了菜單，高興地說要燒道地的上海菜給愛妻吃。

「喔，妳記性很好。」他為我倆泡了熱茶，他的體貼令人印象深刻。任何女人都逃不過體貼深情的男人，能對女人好是男人的驕傲吧。

他經年練身的體態保持完美，努力了幾回，那男人的象徵不似身軀精實硬朗，他緩緩撤離。

和上回一樣，他緊抓著我手：「最近比較累一點。」他微微喘息。

「不要急，我在你身邊。」企圖以熱情喚醒那乏力的慾望，僅存的呢喃印證早聞的耳語，工作壓力以致酗酒成性，大明星早已不能人道，在不斷的、不同的女伴面前仍無法展演一個平凡男性可以享有的尊嚴。

我緊挨那不停代替我工作的雙手的主人，使盡氣力獲得最終的紓解，他喘了口氣：「抱歉。」

我搖搖頭：「是我不好。」

「別這麼說。」他在我手中擱了一疊錢，畢挺貴氣的身影和我漸行漸遠，那螢光幕前的王者風範只能獨留回憶。

※清新的臉孔透著倔強，娃娃臉覆滿瀏海，小帆很小時母親就走了，父親軍人的微薄薪水，撫養姊弟三人。她大一開始打工。

「弟弟會唸書，我希望培育他唸博士。」

青春正撒開大步卻選擇了背負起空茫，自信的年輕聽見心靈深處的呼喚嗎？「再刁難的客戶，她都是拼命三郎搶著接。」麥克說。

那清純無敵的臉崁著堅毅，執著不移的眼神令人驚懾。我別過臉，窗外人車倥傯，每個人總有自己的歸途，無論對錯都是選擇，我步的道路也是一種選擇，不是嗎？

※說話不急不緩，像個慈愛的長者和藹地看著我。

生日、模範生表揚、作文比賽後，那雙眼睛總會釋放柔軟的光芒，溫暖地包圍著，就像現在眼前這份自然。

「還在唸書嗎？」長者徐徐吐出，我點點頭。

「唐詩三百首、成語五百句，多讀，累積起來。」他慎重地將盒子放在桌上，緩緩翻開書本，女孩打開盒子，精緻筆身折射出烏亮的光輝，那幼小的心靈沐浴在溫煦的微風裡，安寧地對待著、撫慰著。

我裹著餘溫閉目養神。長者又在最初的位置坐定：「謝謝妳給我一個特別的時刻。」

父親總悄聲怕驚擾著，每當我伏首桌前。他愛書，買書看書。回憶與母親初次見面就相約於書店，

「書是最好的朋友。」當初對她，如今和我這麼說。可能早些塗塗寫寫，孩子中對我感情特別些，生日禮物文具一大盒，作文比賽獲佳績，全家上館子慶祝外，書冊的獎賞更是少不了，哥好動，瞥一眼，轉著籃球出門了，妹妹豔羨地睜大眼，我總歡喜與她分享。

後又發現其他興趣，終日嬉盪，直到久遠後的一日，我拾起書專注讀起來，父親走近捻亮了燈、調低電視的聲量，這記憶烙在我心上。

我喜愛絢麗動態的活動，他不表意見，但能靜心看書寫字，還是他最欣慰的。父親平日生活並不講究，對於書卻傾其所有，「精神豐足，外在榮枯不上心間。」鼓勵我多閱讀、勤提筆，紀錄所思，初感苦，待得其樂時就韻味無窮、放不下手了。

充沛的的光線從窗戶射進來，我的頭髮上繫著緞帶，穿著蓬蓬裙，坐在窗前翻著書頁，我始終是父親的乖女兒，按照他的教誨來讀書。

07 心靈花園

夢回聖心女中，我穿著圓領白衫、天藍色裙子，無憂無慮的奔跑在美麗的校園，又回到我心愛的學園讀書嘻鬧，揮霍無度的大把大把青春緊握手中。

美夢初醒，我喊著：不要醒，不要醒，醒了就滅了，下次何時能再回去呢？碰到聖心人，我自會問起學校，對方淡淡的回應，完全無法理解陌生人熱切的詢問。

平平靜靜、順理成章畢業的她們，怎麼能感受掙扎挫敗、在門外翹首盼望的心？報上副刊看到龔教官的小品，娓娓訴說退休居美，懷念學校師生一草一木，想起追著我髮型，對我又愛又氣的身影，我將文章剪下收藏起來，心裡暖暖的。

「怎麼又洗手？」我擠進廚房，媽揀菜皺起眉頭。

厚厚地泡沫在水龍頭下盡情沖洗，我低頭不語，甩甩水，再飛奔進浴室，獨享滌盡汙濁的暢快，雙手潔淨、芳香的撫觸貼身衣物，讓我渾身舒適，心裡多了層安全感。

身上塗滿乳液，第一遍起不了泡沫，沖掉再用海棉塗上第二道，芳香柔細的泡沫精靈可拭去一身的汙濁和疲憊，讓我回復潔白純淨。

我恣意擁著全然乾淨的身軀才能碰觸的床單、枕頭、棉被，一系列淡紫色系，擁有它們做個好夢，那和愛人無憂地牽著手，在滿天花海中倘佯的美夢，我不願醒，不願醒，永遠不要醒。

電影「色戒」我一邊看，淚靜靜的滑落。

我不是王佳芝，滿懷赤誠，用年輕純潔的肉身甚至生命和撒旦交手。我只是愛上了一個聰明的賭鬼，在最脆弱的時刻，知道我的傷、我的痛、我的無助。

在愛的趨附下，我願意為他赤袒在陌生的環境中，落難天使也僅僅只是天使，融化了自己，只是讓世界更哀怨，她拯救不了國家、喚不回賭徒的良知，更無法讓自己得到救贖。

如果貞操是女人一生最重要的，那麼願意將自己最寶貴的部分奉獻，無論他是貧是富，是低是貴，她都一視平等，作別人永遠不會作的事，是否更不容易？

她更需像朵解語花，瞭解此刻在這個男人面前該扮演什麼角色，跟隨他的節奏達成嚮往。

男人在女人身邊是卸下武裝的，他不需要攻防猜忌，唯一的目的是讓身心獲得紓解，稱職的女郎就像一潭溫泉，讓他撫平疲憊、暫時忘卻煩憂，至於是否兩廂記得已不重要了。

因為我是大學生，可接觸中上階層的人士，經紀人引見所謂上流社會的知名人物，與他們見面多在私人住處或高級場所裡，無論是規模、安全和隱密性都是一流的。

而流散在角落裡啃蝕著陰暗的其他女子呢？她們沒有安定的環境、完整的教育、正常的家庭、摯愛的親人、失了根的靈魂在穢黯的人流裡四處飄零。

黃春明《看海的日子》的印象讓我太深刻了，那有保鑣、老鴇虎視，三夾板隔成昏暗狹窄的空間中那些汲汲營生的女子，我們是否有相同的命運或者有天壤之別呢？

十三歲那年所發生的事，讓我開啟了性這扇神祕、禁忌之窗，較一般女孩提早成熟，我開始看很多這方面的書和電影，我知道了自己並非唯一，這個世上可能隨時、在許多地方、無論是陌生人或是親人間都會發生，都值得我們關注。

記得當時偶像明星法拉佛西主演的一部片子，片中她飾演遭受性侵害的女子，堅強地捍衛生命，懲治歹徒，由此還牽引出另一位朋友相同的經歷。

與其痛苦，不如將這段回憶納入生命版圖，它是一段歷程，領我從稚嫩的童年邁入了殊異的人生，好似由山頂滑入中窪山谷，待我拭淨滿身塵埃，坐看另一番風景。

人生本是百般況味，有人一路平順，有人磕磕絆絆，幸福的童年讓我在溫暖的房室中滋養，真實的人生卻足以令我茁壯。

《佳期如夢》裡「東子」為替好友復仇，計誘「佳期」愛上他，卻被她的善良單純吸引而動情。佳期的無辜隱忍衝擊了他的動機不良，羞愧懊悔的東子自責滿溢、淚如決堤。報載男女主角由戲生情，卻因現實因素不得不分開，飾演東子的邱澤情緒崩潰淚灑片場。若真戲裡戲外兩相情愫糾結，自然痛苦難挨。

邱澤的感情內斂，讓我想起浩。家境不好、從小失去父親的浩早熟抑鬱，時常沉浸在自己的世界，不想受外界打擾，即使是他愛的人也敲不進那扇門。我常思念著他，電話那端卻是冷靜的聲音，感情再獨立的女孩也需要男友的呵護關心，可是我必須給他極其廣大的空間，大到兩人不相往來。

不解人事的我寒了心，直到君的溫暖寵罩我，浩來了一封信：「不懂得說我愛妳，讓妳離開了我。」我才明白邱澤說「自己澈底愛過」的意義。

08 萬丈深淵

輕歌縹緲，君盛湯給我，他喜歡帶我來日本料理，老闆會為常客的我們準備新鮮的食材。

「待會兒我帶妳去一個地方。」我咕噥著跟他上了二樓，推開門，熱情的樂聲，洋溢嘉年華會的歡欣，整排的落地鏡、寬敞明亮的空間，一對對男女嫻熟酣暢於舞中。

君喜孜孜隨著節奏打起拍子，穿著花襯衫的老師迎向我，我傻傻被他牽引，他手落在我側後背指引方向，彷彿有種力量，音樂精靈帶領我在魔法空間旋轉再旋轉，我的嘴角飛揚、身姿輕盈，君雙眼奕奕看著我，開心地看著場中飛舞的身影。

見我從旅館出來，他揉揉眼，喜孜孜地像小學生第一天上學，他疲憊卻愉快的語態流洩在車裡：「運動會讓你身體釋放興奮激素，一種人生最好的享受。」

我把頭髮紮起馬尾，他向我比了個加油的手勢，如果當時他把學業完成，今天的君又是如何呢？我在二樓教室窗邊換上嶄新的舞鞋，看著他的車緩緩沒入車海。

游上岸，我懶懶坐在池邊，君溫柔地說挑幾個好客人，對他好一點，小氣或要談感情的，寧可不要。男人心態簡單，只要小女人的模樣，溫柔貼心懂得他的想法，毛摸順了很好應付的。君熄了煙。

他大一開始出社會，在酒店從泊車、收賬到執行董事，見的人多了，要瞭解一個男人的心，會出來尋覓的男子多半是寂寞不安的，他們不會為一個女孩停留太久。他雙手交疊在下巴凝視我，他們不像情人會哄妳讓妳，所以在他們身邊不能當公主，要把握時間討他歡心，讓他願意掏錢掏心，這就是唯一的目的。他揚揚眉，一派泰然自如。

他停了一下：「把精神體力都用在學舞上，這門功夫學起來，終身受用。」他拍著我腿笑開嘴，天空的雲潔白無憂被風緩緩推送，我閉上眼聽風的聲音。

麥克電話裡喜孜孜地，「楊先生？」他溫潤的笑容：「只要陪在我身邊，好嗎？」腦中浮現耿銘的話語是如此的熟悉而久遠。

我忐忑不安的按了門鈴，楊打開門，把我拉進房，他怒眼圓睜，臉漲得通紅：「叫妳別來這兒了，為什麼不聽我的？」

「我很少來。」我的聲音很小，不敢正視他。

「是嗎？我call妳都不回電，我就知道來這裡一定可以逮到妳。」

他瞪著我，我低下臉，難道你不知我多麼不想來，你對我還不夠好嗎？我為什麼一定要到這裡來，我何嘗願意？多麼想聽從你的善意，我深知你心意，知不知道我的心已經陷落深淵了。他吼聲震耳欲聾，我只是低著頭。

為我買衣服、名牌包、名錶，帶我嚐遍美食還不夠嗎？是急需金錢還是貪圖享受？是不是讓愛情糟蹋掉僅存的尊嚴了？

「妳背後一定有男人是不？」他咄咄逼人，我絲毫沒有喘息餘地，節節後退逼到牆角，他兩眼燒著嫉妒的火。

我相信你的真心，你對我真的很好，我認真地在心裡一遍遍說，我沒有騙你。我吐出長長的氣。

楊輕輕拉著我頹然坐在床上：「願意聽聽我的故事嗎？」

楊的父親是軍人，母親是個家道中落的富家千金，嫁給父親後吃了不少苦。他工作不順遂，情緒全宣洩在妻子身上。

母親伺候先生，照顧孩子，非常辛苦，常偏勞長姊看著兄弟三人。大姊長八歲，長姊如母，抓權慣了，不但三兄弟要聽她的，連個性柔弱的母親都要讓她三分。

漸漸地父親年紀大了，發不起脾氣了，患嚴重糖尿病，身體日益虛弱的母親都要依賴她照顧，大姊儼然一家之主，更加跋扈，在家興風作浪、吵鬧不休。楊希望退伍一找到工作，早點成立自己的家庭。

「難怪你那麼早婚。」我看著他。

楊大學的室友是個溫柔安靜的女生，兩人交往很順利，他深深覺得她就是心目中要尋找的妻子。他退伍時她在銀行有很好的職務，順理成章結了婚，她的確是一個實在、負責任的好妻子。他無神地望著前方。

「你們很匹配啊。」我說。

任何人都應該珍惜這樣的太太，無可挑剔的是嗎？可是楊錯想了，本性是活潑的，喜歡四處走走，喜歡聊天熱鬧的他，遇上文靜內斂如她，除了上班，一個人安靜的待在家裡一整天也不覺得悶的女子，他的生命好似就此打住，再也燃不起熱情。

「上次你提到兒子的個性像媽媽。」他苦笑搖頭。她們母子喜歡安靜，比較聊得來，可能沒有共同的話題吧，楊是局外人，倍受冷落，打不進他倆的世界，深感孤單，覺得家像個冷凍庫，每天害怕回家，他無奈地攤開手，沒想到從吵吵鬧鬧的家逃出來，又掉進另一個深淵。

我想他們也不是故意疏遠冷落的，他們個性如此，不太喜歡說話，是否應該多找機會親近他們，他們一定可以感覺他的用心。可以體會楊的心情，也許真的需要一個人可以陪伴。

「有錢難買真心人，是嗎？」期待的眼神在我臉上搜尋，他垂下眼輕嘆了一口氣。

似斷線的豆大汗珠淌滿臉龐，背部已然溼透，我仍一遍遍舞著，像個嬰孩搖搖欲墜學步，對著鏡中千百回演繹內心的激越。全身酸軟泡在滾燙水中，揉按痛楚的雙足，告訴自己，一步步自山下寸寸陡升，登高將望平疇綠野、海天一色，而此峰頂於雲深不知處，須終其一生永無止境地攀爬。拂去淚，和衣而眠。啁啾鳥語，又是明燦的一天。

高級音響流洩精緻的音質，車內空調如此宜人，真皮座椅完美地貼近身體的弧度，身旁的紳士溫柔殷勤，可是怎麼我總是要拼命想話題和他攀談，生怕兩個話題銜接中那可怕的安靜，空氣彷彿凝住了，在我們之間揮之不去。

「明天我們早晨約會好不好？」我愣了一下，他語氣肯定，約定明早六點半去運動，然後一起吃早點。我嘟起嘴。

「為了鼓勵妳早起，一天一萬元獎金，如何？」我摟著他手臂苦笑著。

「嘿，這個凱子用這種方法來砸錢。」君笑不可抑地癱倒在床上：「月入三十萬耶！跟我簽中牌一樣爽，哈哈！」

他樂不可支點根煙：「好好抓住這大金主，認真練舞，這就是妳的人生目標。」他抬眉，得意地對我拋個眼色，我實在笑不出來，猛翻白眼。

「還好嗎？」我靠在沙發裡，腿擱得高高的。

「妳也知道我偶而兼差，公司還是要運作，誒，考慮得怎麼樣？」她希望經由公司專業訓練，重新打造我，亮麗出擊，小琪自信地點頭。

在她辦公室五十多坪空間裡，我翻著時尚雜誌，看著那執著的態度，我忍不住笑出來，我對演藝圈是真的沒興趣，我現在挑選和善的客人，練練舞，很從容地朝目標生活。窗外暖暖的風讓我瞇起眼睛。

「反正妳照樣接case，受訓後保證妳脫胎換骨，妳知道明星也都在接case啊！」她眨眨眼。

我放了洋芋片到嘴裡正要嚼動，難怪聽阿姨們談論主持的行情多少，演員的行情多少，歌手的行情又是多少，原來真有這回事。我猛點頭，那為何不直接作case就好了，何必那麼辛苦作藝人？

「當然囉，沒戲演、沒發片，怎麼活？」她瞥瞥我，明星的頭銜是附加價值，身價可抬高的，她瞪大眼睛。

我笑著說別指望我了，我不可能進演藝圈，我現在這樣子很好。我揮手，又塞了片進嘴裡。

「這些男人都是喜新厭舊，能留戀多久？他們有錢有閒，為什麼不多換換口味？」所以要讓自己條件升級，名氣增加價值，不是更增加勝出率？她斜睨我，反正是個機會，以明星的光環包裝，可見識更上等的客人，希望我自己慎重考慮。她撇撇嘴關了電腦。

「是，妳大經紀人眼光好，承蒙栽培。我請妳吃飯，嗯？」我搭著她肩推她出門。

倉皇中偶遇舞蹈，驚覺遺棄甚久的親密伴侶——我的身體可延伸、輕揚、騰躍、飛旋。老師攬著我變幻動作，腰桿拉直，上身挺拔，單腳屹立，側身下腰。我的手臂可剛勁，手腕靈活柔軟，手勢可婉約可魅惑，我跟著他架起雙臂時而流轉手勢。

眼神可深情可哀愁，凝視著舞伴，互訴衷曲，彼此對舞，眼裡只有對方。舞風可深沉內蘊、可狂野炙烈，表現各有不同，時纏綿深情、若即若離，時大方俏皮、賁張有力。

辛苦終會得到報償，每個人都有潛能可以被激發，有無限的可能待完成。只要學得箇中訣竅，超越了靜態欣賞音樂還可藉肢體詮釋樂曲予我們的感動。

絕不能和楊提跳舞的事，沒有男人能忍受自己的伴侶和別人跳舞，君再三叮嚀。跳舞不正當嗎？我瞪大眼。男人心胸很狹窄，比女人小心眼好不到那兒去，沒有男人願意讓別人懷抱著自己的女人。

君為何讓我去學舞呢？不吃醋嗎？我不解望著他。君見過世面，他瞭解我也相信自己，如果心不在對方身上，即使不跳舞也會散的。希望我學舞是想到未來，如有天份，趁年輕學成可以養活自己，不用靠別人。這些男人一時寂寞，找人陪伴打發時間，總有一天會膩的，年輕漂亮的女孩太多了，有錢的男人只要撒錢，幾個女人能抗拒？我現在年輕完美，再過幾年呢？若本事學成是一輩子的，命運掌握在自己手裡。

舞蹈老師肯教，說話實在，君希望我認真拼個一段時間，把身段都學起來，練得一身好武藝，終生受用。他神采奕奕，認為夏天游泳，冬天另找一個活動，運動讓人快樂，吃點苦，學得一技之長，這是再好不過的事。如果將來能成為舞蹈老師，這個職業單純，我絕對可勝任的。他開心地看著場中飛舞的身影，我看著他專注的神情，腦中沒有任何想法。

比賽場上是磨鍊自我最佳途徑，次次挫敗次次再戰，當向目標挺進，歡欣的淚洗滌一切辛勞疲憊。一舉手一投足，似掌握了心靈的歸向，一抬眼一甩頭，彷彿攀向世界的頂端。時間之錘不斷在身上敲打，鑿去衰圮多餘的，雕琢精確美好的，要忍得一刀一痕的刻劃，那臻於極致的磨礪。

法式餐廳氣氛幽靜，楊喜歡這兒的環境，為我倒了紅酒，我喜歡高雅寧靜的鋼琴演奏曲，和他碰了碰杯子。

「我想買一棟房子，一個屬於我們私密的空間。」認真地注視我，我驚訝於那份心意，他不時流露喜悅的話語。從餐廳出來，牽著我站在聖家堂前，嚴肅看著我，讓我在天父面前發誓我對他是真心的。

我望著高聳的十字架，嘴裡唸著誓詞，內心吶喊著：親愛的天父，我是為了君才不得不欺騙楊啊！您能赦免我嗎？

我揮揮手，他滿意地輕踩油門離去，我沉重地上樓開門，腦袋空空的，只看媽的嘴一張一闔，好像水箱裡的魚在說什麼。

我該往何處去？那兒才是我的歸途？浸在滾燙水中才能感覺存在，我的腳趾起了水泡，更痛的是看不見的深處。用力揉捏酸軟下肢，君賞賜的贈禮，他想為我換取什麼，覆蓋住現有的記憶。浴室一方空間沉靜溫暖，我的記憶卻如此清晰回到十三歲那天，全身塗滿了泡沫，我拿著刷子刷紅了身體，沖掉泡沫再塗滿，再用菜瓜布搓揉直到皮膚脫了一層，從那刻我愛上滾燙的水像熊熊的火燃燒，源源不絕的強勁水注痛快淋漓，讓淚一併奔流，發燙痛楚的身軀是如此安心完美，懷抱這舒服是如此踏實而滿足。

「終於等到妳的電話了，想去那兒？妳看這款車怎麼樣？」我坐定，楊偏著頭喜洋洋地。

「去郊外走走。」我微笑答應。環顧周身，我挪了挪身子。

「上次那一些告白是否嚇到妳了？」他圓圓臉上笑得很純真。

「一點都不。」我看著他。相反地我覺得楊很有勇氣，我們認識不久，一個大男人願意聊心裡的話，很不容易，表示很重視我，才願意告訴我這麼多。可能我們背景很接近吧，雖然我們是在特殊場合認識的。

「妳的氣質談吐，我知道妳不是那種女孩，我願意讓妳傾聽。」

「那種女孩？」我倚著車窗興味盎然地。

「唉，我們做工程標案子，在外面經歷久了，閱人無數。」

交際應酬場所有些女孩真的很可憐，有的是談戀愛沖昏頭，嫁了壞男人，不務正業、喝酒、賭博、玩女人還打老婆，要錢不給，要殺全家、賣孩子的，為了養家，她只好下海陪酒；有的是年輕不懂事，愛上黑道互相沉淪，吸毒麻痺自己，為了應付大筆開銷只好下海；還有家境困苦，父母生病、弟妹還小，要挑起生活重擔的女孩只好選擇下海。無論原因為何，她們在特種營業染缸久了，身上總有一股說不出的氣息。

「而妳和她們不同，妳沒有身世的磨難改變妳的心性，妳純潔天真，像個天使。」像是觸動了什麼，我雙眼微溼朝向窗外。

「想什麼？」他把手放在我腿上，我搖搖頭。

「改天我要檢查妳的存摺，看你是否將我給的錢真的存進去，還是給小白臉花掉了？」微笑注視著我。

「你又買了什麼車啊？」我勉強擠出笑容。

「天機不可洩漏，到時就知道了。」他內斂地笑。

「既然是愛車，我一定盛裝打扮。」我替他高興，我知道他一直偏好跑車的帥勁和性能。

「車再怎麼名貴也比不上妳，妳知道嗎，只要能跟妳在一起，我就很滿足了。」人到中年要能有一個知心的伴聊天、說說心事、一起享受美好的事物：品嚐美食、看部很棒的電影、去旅行欣賞各地美景，錢再多，只是一個數字，有個心靈契合的伴侶才是真的。他衷心地看我一眼，我微笑以對，我是他已找到的伴侶嗎？那我心中值得相信依靠的人又是誰？是已屆中年仍在人世裡迷離紛亂的君嗎？如果不是，那「他」在那兒等著我呢？

楊現在很信任我，也很大方，我的確抓住了他的心，他是規矩的生意人，單純本份，應該是真的用心，只是不知道能維持多久，必須小心與他交往，機警些觀察他，情況不對就不要留戀，再找別的目標。君殷切提醒，我點點頭。

君與人合夥的場子生意越來越好，客人很多，很需要資金，叮嚀我好好抓住幾個大金主，狠狠地撈他們幾筆，等我們賺多一點就可以去看房子。君希望滿滿地笑著。

「可是我們辛苦拼命賺，你一不小心就損龜了……。」我小心翼翼說。

「我現在很節制，妳賺錢那麼辛苦，我不能再對不起妳。」

他說目前只有小玩，輸了也沒關係，不會再糊塗了，我可隨時檢查抽屜的簽牌基金，現在場子每天要準備很多現金，先以基金來運作，他想認真賺錢，幫我準備學費，絕不亂來，要我一定要相信他。他皺著眉，每當應付各形各色的男人後疲累地飛奔回來，我都緊抱這心靈的依偎為他解開凝重的神色。

「下禮拜年度大賽，盡力練。」君拍拍我。我深知許多人的期望，點點頭。

「妳聰明學得快，」他使勁揉捏我肩膀，酸得我閉起眼睛，「放鬆心情，平時多練習，場上就不會緊張了，吃點苦一定有收穫。」

下禮拜的生日，楊已準備好禮物，電影散場，我們順著人潮前行，我推辭著心裡還是高興，這是我們認識後第一個生日，有一個禮物留作紀念增添意義，他已給我許多，除了感謝，真的不知道還能說什麼。

若互相珍惜，能在一起不也是緣份，他正正當當，小有成就。除了不能給我名份，有一個楊太太的稱謂，可是他並不花心，像其他的生意人見一個愛一個，他連逢場作戲都嫌麻煩，他願意照顧我，向我保證不會虧待我。他笑得很真誠，我被他拽得緊緊地。

「打開看看。」將盒子交給我，黑絲絨襯著心型鑽石項鍊閃爍動人，他幫我戴上，很美，很適合頸項膚色，他滿意地點頭，我撫摸著這一份名貴的禮物，難言的情緒湧起。

這份精緻的心意肯定讓他付出昂貴的代價吧，「生日嘛，難得。」他淡然地拍拍我。

「如果有一天你離婚了，你會娶我嗎？」幫他咖啡加瓢糖，他停止攪拌抬頭，正經地坐直了身子。是的，道義上是不該離婚的，我只是想如果有這麼一天，楊會選擇我嗎？我捧著鑽石墜子撒嬌地看他。

「如果真有這麼一天，我會對妳很好。」他和煦的神態讓我心裡暖暖的。

我和楊已相識半年多了，時間過得好快。

「我們是否心有靈犀，能否到永遠？」楊深情地盯著我的臉。

為什麼要對我這麼好？我湊近他。我何德何能，讓他掏心掏肺，雖然他已婚，卻仍受到很多女子青睞，不夠水準，太複雜的，楊不輕易答應的。

「我一遇見妳就感覺很單純，交談過證明我的感覺，妳是正常環境出來的女孩，我不需防妳，我們不妨真誠交往，你一定可以瞭解我的為人。」

我第一次見到楊感覺也很好，很意外會在那種地方認識他，後來慢慢瞭解婚姻蘊藏許多無奈，我能體會那種心情。其實以他的條件，體貼、紳士，性情溫和，一定有紅粉知已接近，也許其中不乏心思單純者。

「對了，我送妳的禮物，妳回去後家人有沒說什麼？」

「我媽說不要讓你花這麼多錢，萬一我沒嫁給你怎麼辦？」我害羞地瞥他一眼。

「哈，妳母親想得很遠啊。」他驚喜地。

「我能力辦得到都不算什麼，以後如果我們沒緣份，妳嫁給別人，我也不能那麼自私，阻擋妳的幸福，那些禮物都是我心甘情願送給妳的。」

他輕輕拍我：「走，去看房子。」

青田街大樹濃蔭，翠綠覆蓋巷道，他喜歡這裡的氛圍，房子格局方正、明朗大器，寬敞的露台迎面拂來軟柔和風，晴朗的天氣，碧空如洗，藍澈如鏡，我深吸一口幸福的氣味，是如此地飽足安寧。

這些日子來楊無微不至的照顧，有時慶幸他已有家庭，讓我有喘息的空間，有時難免惆悵，如果他沒有家室，能有個肩膀倚靠，是女人終身的幸福吧。我雙眼微溼朝向窗外。

他先知道我住在那裡，然後要每天見面，接下來買房子試探，購屋當然是選擇貸款，一次付足萬一我背叛了他，他並非癡情愚昧啊。君看著我，依照他的研判，楊不見得會買，至少在買前會仔細考慮。

「如果他真的買了，那我還脫得了身嗎？」

「要不妳先下手為強說不要買房子了，他會覺得妳很體貼，不是為了錢才跟他在一起。」

如果他真的買了房子給我，動不動就要陪他，那我完全沒自由，變成他的金屋藏嬌就難以脫身了。男人是自私的，既然買房子就要求盡義務，天下沒有白吃的午餐，到時他什麼都要管，連練舞都不可能了，而且一定會發現我和君的祕密。

我向楊表示那房子太貴了，要不再考慮？他瞭解那房子好，是很好的投資，而且先付頭款，可貸七成，覺得倆人成天四處晃也不是辦法，有個房子安定下來，我們見面也方便，讓我放心交由他安排。

「你人正派對我又好，無論如何我都離不開了，不管你是否買房子給我，對我而言你才是最重要的，只要能和你在一起，其他都不重要。」我溫柔地觸摸他。

「換了別人高興都來不及，妳真是個好女孩。我沒有看錯妳，哈哈。」楊露出窩心的笑意：「聽妳的，那先不買了，不急不急啊。」

我鬆了口氣，為了和君共同編織遠景而放棄一棟房子，不知是錯失良機還是避開一場風險？我含了塊鱈魚無滋味咀嚼著，呆呆地凝視前方，微笑看著他滿足地享用牛排大餐。

如楊每月固定給錢，細水長流也許是正確的，若是買房，他慢慢地付貸款，他並無損失，房價會漲，到時我跑了，他賣房子賺一筆，而且就算登記兩個人名字，我若不和他在一起，能得到房子嗎？他用房子來牽絆感情，一輩子都脫離不了。

「還是拿錢走人，乾淨俐落，不要被房子拖住，難道妳真的要和他在一起？」如果他是單身會讓我心動嗎？「他只是一個很好的老闆。」我面無表情地，那一天才可以有房子呢？我托著下巴眨眨眼。

「不要急，時候到了，自然就有錢了。」

「你又簽牌了是不？」我瞪著他。

「沒有啦！」他張大眼。

「你口氣那麼奇怪，是不敢讓我知道，你別亂來喔，我警告你，這些客人要好聲好氣應付，陪笑臉伺候很累的，你如果把場子賺的錢和我的辛苦錢都拿去賭了，我就和楊遠走高飛，不理你了！」

「我知道啦，我最怕妳生氣，不要離開我，我不會亂來啦。」他急著安撫我，我無神望著天空，煮熟的鴨子飛了，又籠罩簽賭疑雲，心情黯淡像天一般陰沉。

車停在銀行門口，楊快速進去，回來時手上多了包紙袋，他笑笑遞給我，我打開一看，不敢相信。

「先放在妳那兒。」我不知該說些什麼，只是用力抱住他，他仍淡淡笑著，不好意思推推眼鏡。

才帶我看房子，現在又給我這麼多錢，他真的動了心嗎？如果沒有君，我是否會被感動呢？他是否如耿銘般地單純真情？又是否如君那麼地瞭解我呢？

「楊給了我一筆錢。」我湊近君，他兩眼發亮。以房子換現金，以大換小，放長線釣大魚也不賴。我主張存放銀行比較安全，需要時再動用。他瞥我一眼。

「你不相信我喔，我都沒有亂花，我們吃的用的，妳都看到的啊，天地良心，如果我辜負妳就不得好死。」

我抓著他高舉的手：「我知道啦，我們的開銷很大，學費也很貴，但是我辛辛苦苦賺的錢，照說也有幾百萬，可是都沒有看到錢的影子，這些錢先留在身邊比較好。」

「好啦，我有需要我自己想辦法。」他摸摸頭點煙，逕自吞吐起來。

我覺得楊好像在試我，說錢先放我這，也許有一天還要拿回去。他說歸說，上次問我有沒有把他給的錢存起來，萬一他真的檢查，該如何應對？還是小心點比較好。

「錢都收好了？」楊看我一眼。

「嗯。」我點頭

「這些錢也不容易，不要亂花。」

「我知道。」

「我們認識這麼久了，你心裡有沒有我啊？」

「怎麼突然這樣問？」溫柔地看他。

「我知道妳是個單純的女孩，我擔心妳被騙被利用，妳知道嗎？」我的心一緊，臉漲通紅，低頭逃避咄咄逼人的話語。

「我想保護妳，剛認識時我就覺得妳不應該出現在那種地方，我想背後一定不單純，我找人查妳，我是出於好意，妳好好一個人家出身的女孩，為何要受吃軟飯的傢伙控制啊？他有什麼好？值得妳為他犧牲，妳好傻，妳知不知道？」我心跳得厲害，不敢看他。

「這些錢對我來說真的沒有什麼，我是真心要給妳的。」我喉乾舌燥，喉嚨好像卡住了什麼似的。

「我不希望妳有事瞞著我。」他的口氣淡漠，暴風雨前般寧靜地死沉。我不想再作無謂抵抗，歎了口氣。

他希望彼此真心對待，不要欺騙。他深深看著我，我力圖始終保持微笑。

「我要知道妳背後的黑手是誰，我要敲醒妳，傻瓜！」他終於大聲說話，臉上肌肉跳動。

「你都知道了。」我悶聲低語。

「我要問妳打算怎麼辦？我那裡比不上他？妳竟然為了一個無賴欺騙我的感情，那天我讓妳在教堂前發誓，我給妳最後一次機會，妳還是執迷不悟在神面前撒謊，妳說謊妳騙我，妳有沒有良心，我對妳那麼好，他跟妳要錢耶！這種人渣敗類根本不是人，妳醒一醒啊！」他猛踩油門急駛在高架橋上，車貼近護欄，他神情緊繃臉冒青筋。

「你冷靜一點。」我呼吸急促。

「妳為什麼要騙我玩弄我？我們一起衝出去，妳敢不敢？大家都不要活了！我們同歸於盡好了！」

他呲牙裂嘴擠出吼聲。

「先把車停下來，聽我說好嗎？」我抓著把手，聲音顫抖。

「還要說什麼？還要騙我嗎？到底還要騙我多久？我還能相信妳嗎？其他女人我都防了，我就是沒防妳耶！結果竟然就栽在我最信任的人手裡！」他雙眼充血暴跳著。

「我如果真像你說得那麼壞，我大可騙你買房子給我啊！我為什麼沒有？你有沒有想過你家人？你這樣跟我同歸於盡算什麼？你不值得！」我大聲吼，他狂烈地將車轉至橋下煞住，我拉著安全帶鬆了一口氣。

「妳如果再騙我買房子，那妳就跟他一樣了！」他指著我鼻子。

「你說我不值得為他犧牲，那你呢？你值得為我犧牲自己嗎？太太小孩怎麼辦？你不也很傻嗎？」

「為什麼？為什麼？為什麼要這樣對我！」他猛搥方向盤，抓著我的頭，我髮飾被扯下，頭髮零亂。

「我是不得已的，我真的沒辦法！」我厲聲回瞪，撥開他手：「我也不願意在天父面前撒謊我對你是真心的，其實我心裡很痛苦，你知道嗎？我不能不騙你，因為我愛他！是！他是個混蛋！每個人都這麼看他，可是他懂我疼我對我好！」我雙手握拳怒吼。

「妳瘋啦！他讓妳陪男人賺錢供他享用，這是疼妳嗎？」他狠敲著我腦門。

「他有收入，他說他會認真賺錢，會買房子給我！他是愛我的！你不瞭解他！」我再也忍不住大聲哭喊。

「算了吧！妳到現在還在作夢、還在幫他說話，他什麼時候賺過錢？妳聽過賭徒賺錢嗎？根本沒這回事！那是他自欺欺人，他在哄妳這個笨蛋！一個會用女人錢，尤其是這種錢都用得下去的人，他根本不是人！他怎麼忍心讓妳陪別人啊？他四肢健全，好吃懶做，妳付出吃苦值得嗎？世界上有妳這種傻女孩，就有我這種笨男人！」他放低聲。

「我才真應該大哭一場閉門思過，社會闖盪這麼久，竟然栽個筋斗，現在兩條路給妳選，真心跟我；如果還是執迷不悟，要跟那個混蛋，我們再也不用見面。」嚴肅看著我，眼不眨一下。

「妳涉世未深，被愛沖昏，分不清誰才是好人。」他搖搖頭，發動車子。我緊閉著眼，離他遠遠地。

「寶貝還好嗎，怎麼不說話，這兩天有沒練舞？」

「一定要練喔，不進則退，要保持高昂鬥志，比賽不要在乎名次，自己越來越進步比較重要，知道嗎？最近沒和金主見面啊？」

「他出國。」

「喔，那他回來妳撒嬌一點，小別勝新婚，男人很吃這一套。」

「我好累。」

「怎麼了？是否身體不舒服？發生什麼事了？」君專注看著我。

漫漫長夜，何時才能見光明？君握著我：「我知道委屈妳了，要妳去賺這種錢。」看著那羞愧的面容，我搖搖頭說不出話。

「妳為我做的，我會一輩子做牛做馬、做妳的奴隸來償還，妳叫我往東我絕不敢往西，叫我去死，我絕對沒有二話。好不好？寶貝。」他眉心糾結：「我們是生命共同體，要富一起富，要慘我會把飯留給妳吃，我自己餓都沒關係，妳知道我不貪圖享受，也沒有想吃好穿好，我要妳過好日子，只要寶貝妳好妳快樂，我比什麼人都高興，妳知道嗎？」

伺候男人好累，我沒有女人味，不懂男人的心裡，淚珠在眼眶裡晃動，我真的沒辦法做交際花，雙目再也盛裝不了，我垂下眼。

「是啊，妳單純得像小女孩，只活在自己的世界。我知道這種事對妳來說是強人所難，但是我希望妳藉這個機會改變磨練自己。」

「陪男人來磨練？」我不能相信張大嘴。

「因為妳的家庭和本身個性的關係，事實上妳可接觸男人最真實的一面，慢慢地瞭解。當初妳作這個決定，我掙扎很久，我知道妳都是為了我，所以我發誓要一輩子對妳好來回報妳。」

「你是要毀滅我吧？怎麼是對我好？」我抹乾淚痕苦笑著。

「是，我很自私，我承認高攀了妳，從一開始我就知道，所以當妳決定為我犧牲時，我真的很感動又慚愧，妳太完美了，我唯有把妳拖下水緊抓在身邊，妳這輩子就只能和我在一起。」

腦子轟然一響，我狠狠睨著眼前這張自以為深深愛著、可以為他赴湯蹈火、無怨無悔的臉：「你不怕我恨你？」我全身顫抖從齒縫間擠出。

「妳恨我吧！妳越恨，我會越愛妳！」他悻悻然地：「妳知道我為什麼堅持要妳學舞？我不是冷血禽獸，那天你在我懷裡大哭自己是妓女，妹妹是碩士，我的心好痛，我就想怎麼贖罪？妳有游泳底子，如果學舞蹈應該不難，寶貝，妳現在只有跳舞才能展翅高飛，我要妳作一隻浴火鳳凰，浴火重生，知道嗎？寶貝，加油！」他雙眼亮著光，好像我在舞蹈殿堂合著淚水汗水，獎杯在握閃耀的亮光。我靜靜靠著牆，什麼都不想去想。

「他知道了嗎？」楊問我，我點頭。

「我還是沒放棄，只是希望妳想清楚，不管妳要不要跟我，妳都必須看清這個人。」

我心裡已有決定了。

「唉，真不懂妳們這個年紀的女孩，太天真了，只要有愛什麼都不管了，這些混蛋就專門誘騙妳們這種單純的笨蛋。」

與其說我，那楊自己呢？那麼好的太太兒子，美滿的家庭，還不是不滿足，還要往外找，連我這種你口口聲聲單純的女孩都會欺騙，還以為別人會有真情嗎？我並不是存心騙你，因為我知道你真心對我好。

「如果沒有這個混蛋，妳會跟我嗎？」

楊已經結婚了，我們怎麼可能會有結果呢？我跟你在一起是代替老天爺懲罰你啊！你對不起你太太來招惹女人，我要處罰你這個花心丈夫，替天行道。

「給我時間。」我肯定答覆他。

「我要把錢還給楊。」

「什麼？妳瘋啦，為什麼？」君不敢置信張大眼。

「沒有為什麼。」

「那是妳辛苦賺來的，妳該得的。」他眉心緊蹙。

我不想再過這種生活，我想靜一靜，我想與楊作個了斷，不想再陪他花前月下，真的累了。

「可是我現在第二個場子正做起來，妳突然資金抽走，我損失慘重啊！」

君損失慘重，那我呢？這一年的時光，我的損失怎麼算？我這一生都賠進去了！我咬牙切齒把椅墊通通甩出去，以為讓我學舞就挽救彌補了嗎？我經歷那麼多人事，我已經回不到過去，我還是以前的那個我嗎？是嗎？我太天真了？以為愛情就是付出奉獻，苦個一段日子會苦盡甘來，可是我沒那麼麻木，陪幾個空虛寂寞的男子就日進斗金的輕鬆錢我賺不了，錯估我這顆搖錢樹了，我真的精疲力盡了。

「是啊，妳從來就沒有愛過誰，妳比較愛妳自己。」君慢慢吐出。如果真這麼覺得，那我所作的一切都是自作多情，我自作孽是不？頭漲痛得快炸了，我抱著頭。

「千錯萬錯都是我對不起妳。」挑眉是他僅存的尊嚴，他嘆氣輕輕閤上門。

「這是兩百萬，」我看著楊，遞過紙袋和絲絨盒：「這條項鍊物歸原主吧。」

「這——妳收下做個紀念。」

「你送給太太吧，她才是你應該在意的人。」

他撫著精心挑選的禮物，那曾經溫暖的臉龐，當站在面向綠蔭深巷的二樓陽台，我多麼渴望身旁的他能幻化為君，為我覓得一處居樓掩風避雨。他低頭不語。

愛情似空中飛絮，它是那麼地溫柔，翩然飄臨，稍一瞬間又隨風輕舞，不知飄向何方。樓房、珠寶，這些從來就不曾屬於我的愛情，握在手心，現在只讓我覺得縹緲又悽涼。

「妳如果想到我，我們還是朋友，好嗎？」他握我的手，我們互相凝視著。

從滿缸的熱水起身，像大雨後的街道暢快淋漓帶走所有的疲憊憂傷。

將自己丟向柔軟的大床，燈罩下暈黃的光圈投射在兩人的合影，我翻倒了相框，熄了燈。

小女孩輕輕地嘆息，盒子上掩了厚厚的塵土啊，妳將自己洗刷的潔白無暇，我呢？

妳心底最深處的這個盒子呢？幫我撢撢乾淨，看看裡頭的我吧，我就是一直守候在這兒，那個需要妳憐惜的小孩啊！

妳心裡累積的塵埃，我荷得好沉好累，我不是妳認為的那麼無聲承受、一味堅強啊！

小女孩披散髮兩行清淚，我抱緊胸口，夜沉沉襲上全身癱軟的我，無力在夢境裡尋覓。

「舞暫時別跳了，我們沒有錢了，我想休息。」

「那妳有空還是來游泳嘛，還是要運動好不好？」君看著我：「我知道妳很後悔認識我，但是我總還是有值得妳記憶的地方吧，妳本來身體不好，我教妳騎車游泳潛水跑步，讓妳吃最營養的食物改善妳的健康，全力支持妳學舞，希望鍛練妳一技之長，現在半途而廢真的很可惜。」

並沒什麼好可惜，我現在什麼都不想。我是很傻，傻得完全沒有感覺，不知自己在做什麼。

「妳要和楊在一起嗎？」

「我又不愛他。」

「妳這個人懂什麼愛？」他不以為然地撇嘴角。

「你又懂嗎？」我茫然轉向他。

「我現在說什麼都不是，我是罪該萬死，死一百次都不足惜。可是寶貝，妳如果想得到愛一定要先付出。」

「難道我付出得還不夠多嗎？」我盯著他。

「我是說精神上的，因為我長妳很多，而且我虧欠妳，所以我什麼都可以配合。可是妳和別人在一起，他們不像我願意低聲下氣，時間久了，妳會被他們吃得死死的。楊是很有錢，現在對妳很好，可是真的生活在一起，他會受不了妳，妳又沒有經濟能力，要看他臉色過日，妳知道嗎？寧可找老實單純環境小康的，才不會嫌棄妳稚氣的個性。」

「楊沒有什麼不好。」轉過臉我輕聲地。

「有感情都會吵架，沒感情能維持嗎？不是只有錢就好，真的愛妳的人，妳的個性比較重要。」他倔強的唇緊抿，這曾讓我溫暖的側影忽然變得好孤單。

09 千里相會

在我心裡有個十三歲的小女孩，一直覺得我不看她，不去摸摸她，不愛她不關心她，這麼多年來她一直停留在那個黑盒子裡走不出來，拒絕長大。

雖然隨著時間過去，我繼續成長，但是心中的小女孩卻不夠成熟去理解當時的狀況，她只會覺得為什麼我不能夠瞭解她，因為當時的環境，保守的道德觀不允許我將自己的心情表達出來，所以我就把這份情緒壓抑住，想想看如果當時我能夠直接發洩情緒，將所有的難過委屈完全傾訴出來，心靈深處的小女孩是否就得到慰藉了呢？

如果我一直沒去看顧她安撫她，她就會仗勢著生活中發生的諸多困境和磨難出來大吵大鬧，提醒我她的存在。她需要我，年幼的我無法瞭解，如今成人的我為何沒想過小女孩也需要我的瞭解和接納？我不得不想想那個小女孩在心中哭泣吵鬧呢，其實和我槓上的、攪得我煩憂的是心中那個沒有長大的自己，那個一直是十三歲的小女孩。

當我明白自己心中還有個哀怨的小女孩之後，我在面對自己不成熟不理智行為時，我會自問我現在是個成年人？還是一個十三歲的小女孩？如果我是個成熟的大人，我該如何對待這個半大不小似懂非懂的孩子？

現在的我是個善體人意的成熟人，我可以瞭解她當年的感受，告訴她同樣的遺憾不會再發生，就當她是另一個我，和她對話，讓她將當時受的壓抑發洩出來，然後以我現在一個成年人的心情好好安撫她，讓心中的小女孩慢慢從過去的情境裡走出來，她才會逐漸長大，和真正的我合而為一。

漸漸地，我比較能夠接受自己無法掌控的情緒和幼稚不合理的態度，心中比較容易充滿憐愛，適時地給她一個微笑，融解她一身的張牙舞爪，當有一天，我心中的小女孩不再輕易出來鬧場了，雖然她還是留在我心中不能抹滅，但是我慢慢明白人生錯過的機緣太多，過去的遺憾往往是很難再有機會彌補的，我若是死守著它不放，任由自己掉進情緒的深淵讓它發酵，不但阻礙自己的成長也傷害了愛我的人，不如坦然面對這份遺憾，讓它在我心中成為警惕的聲音，時時提醒我要好好珍惜身邊的緣份，莫要輕易流失。

熱咖啡溫潤了喉嚨，鬆餅的奶香在指尖留盪，我讀完報刊的文章，陽光穿透心中的迷濛，晨霧散了，綠葉閃爍露珠，春已悄然來臨，池塘裡外的生命彼此深情凝望，簷下垂掛盆花裡，鳥兒為著新生命忙碌地來回啣草，親密的語彙迴旋在清透的空中。我雙眼漾起水光，隔著汪洋大陸的遠方，那真純熱切的眼神此刻望向何方？

「妳知道偉到美國去了嗎？」媽興沖沖地一早來電，我的心又開始狂燥，我翻開書本，什麼也沒進到腦袋裡，只是一捲捲影片像放映機，無所防備從記憶中源源流出。

舊金山藝術宮旁幽靜湖畔一個熟悉的身影，高大略顯文弱，還是那幅銀色鏡框、挺直的鼻、醇厚的嘴型。是他嗎？以為逐漸淡去的影像又清晰地呈現，他還是翩翩風采卻看起來有些落寞，他抬抬眼鏡望著遠方，是思念著過去？還是斯人獨憔悴呢？

我別過頭，一路狂奔，我的手晃動地插不進鑰匙，壓抑住起伏的胸口，顫顫巍巍進門，混亂的思緒到四周暗沉下來，才發現天黑了，從中午慌亂進門到現在什麼都沒有吃，胡亂地塞幾口微波炒麵，我坐在書桌前，輕輕拉開抽屜，一式淡綠的信封平靜排列在角落裡，二十四封信箋載滿兩年的思愁，課業、托福考試和情感的三重壓力，這些日子若不是依傍著執念，心的容量已到無法再包涵的境地，又如何能激發出純透的情懷呢？

電鈴響了，門打開，偉迎面佇立，令人憾動的神情依然，二年不見，他瘦了。那如真似幻的眼神，幾番午夜夢迴才深知感情的藤蔓將我纏繞得緊密結實，我臨窗避開那雙讓人動搖的眼睛，心裡層層密網找不到線頭，讓我無法欣賞花園的井然有序。

「妳好嗎？」兩年前的頹喪伴著寂寞全湧上來，我搖頭，斷斷續續抽搐著。

偉靠近我，雙眸綻放柔軟的光芒：「隨著時間過去，我瞭解了一件事，那就是我竟然讓在意我的人痛苦，那令我更加地難過。這兩年我無數次拿起電話想聽聽妳的聲音，我想像妳坐在陽台藤椅曬太陽，風徐徐吹著妳的秀髮，我失神地凝望著又悵然回到現實。」

這個寂寥的現實是我自己造成的，你怪我吧，幻滅是成長的開始，經過這一次我不再飄搖了，以前的我活在夢裡，天真得像傻子，除了給我傷痛的浩和君，我不配再愛任何人。

「我寧願你罵我一頓，在我懷裡哭一場，我也不捨你無聲無息的離開，獨自飄零啊！」

我故作冷淡抬高下巴，他扳過我肩膀：「妳能照顧自己，讓我見到完整的妳，妳真的長大了，即使有人讓妳受傷，妳已學會了堅強是不？」

「如果我愛妳就應該全然接受妳，我對妳寫的故事不想追究，如真的是妳，那是因為妳單純善良，不知人心險惡。」

我定定看著他，他眼神流轉：「妳以為愛就是奉獻付出，僅僅是如此嗎？真正的愛是互相關心、共同成長，而不是同流合汙，一起墜落萬丈深淵啊！那樣的愛太狹隘，會毀滅彼此。」

他娓娓地一字一句落下，那麼輕巧地敲在我心間，心底黑暗的角落被埋壓得很深、小女孩嗚咽的、小小的聲音從盒子裡傳出來。

她知道落在心湖上滴滴答答的聲音是甘露、是溫存，這麼多年來沒有人提起，以為小女孩已隨著時間，安然地躺在盒子裡埋得深深地，深到忘了她的存在。

可是時光流去，不安際變攪得內心翻騰，我一直以為她在盒子裡死去、靜靜地走了，其實從來沒有。她不見陽光，更缺乏噓寒問暖，如果偉的置之不理是過錯，那我對她這麼許久的不聞不問更是何等的凌遲，而那折磨的小女孩就是我自己啊！

「這次我不會讓妳從手中溜走了。」我咬著下唇。

「我現在沒什麼錢，也不能給妳豪華婚禮，但讓我來辛苦，妳什麼都不要擔心，嗯？」

他抱緊我：「是我不夠成熟，不懂得如何愛一個人，失去妳我才知道自己有多傻，我們再也不要分開了。」

心湖的芳醇之露滋養喚醒小女孩，盒子悄然打開了，溫柔的光芒映照全身，她的眼神柔煦、雙頰透著緋紅，她舒展四肢，飛出盒子，展開笑靨向著美麗的道路。小女孩，不要怕不要慌，踩穩步伐，像掙扎出蛹翩翩飛舞的蝶，飛吧！飛到妳嚮往的地方，那兒有沒有妳的夢？有沒有深愛的人牽著妳一起飛舞呢？偉喃喃細語在肩後，我環住他的腰，淚卻下來了。

10 玫瑰盛開

五年後

離開家，才知道自己的家在那兒。

少小離家出遊借住外地，友人問我想家嗎？我一逕搖頭，向來灑脫慣的人經過了時空淘洗，午夜夢迴才驚覺自己早已讓親情的藤蔓纏繞得緊密結實，也才懂得是雙親的堅強守護在等待兒女的慢慢長大。

回台步出機場大廳，我四處張望，家人尚未抵達，我守著行李看著別人簇擁而去。見著親人了，父母滿頭華髮，皺褶的臉龐，一年一年蒼老。我們並肩離開，雖無擁抱。

揭開盒蓋，那把睽違已久的剪刀竟還閃著光。布圍順母親身體而下，剪子穿巡銀絲間，彷彿看到一幅永不褪色的畫。

中學唸女校，服裝儀容要求嚴格，頭髮尤其盯得緊，我頭髮長得快，母親經常客串起理髮師為我的操行分數把關。挨過青澀年華進了大學，髮型的轉換交由髮廊，那剪子始終躺在紙盒裡。

母親年紀大了，也許是圖俐落清爽，讓我為她修髮。髮面噴上水，由頂梳至尾，像從前她為我剪的那樣：兩側稍斜，後邊圓圓的。默然安坐鏡前，她的髮，這幾年愈來愈少了，衰弛面容，微拱的背，孱弱的肩軟軟垂下，異樣情緒在我心間浮漫開來。

小時，母親喜歡梳理我一頭稠黑飽滿的髮，說合著童顏好看，又指著她初中入學的照片：「妳和我這時簡直一模一樣。」盯著相片中蓬鬆烏亮的濃髮和那雙單眼皮，我訝異得說不出話來。

行年愈長愈近似母親了，形貌、神韻、語態、人都稱相像，秉賦、性格也無不承襲，而敏感羸弱的體質更承自於她：初生即染黃疸，幾近換血邊緣；經常高燒不退，以酒精為我拭身降溫、哄我服藥、換冰枕、清便器；風如薄刃的冬夜，抱起病況惡化、層層暖衣覆裹的發顫小身軀疾行於急診路上。

後病毒侵襲腎臟，全身浮腫、血尿的我住進醫院，每當迷濛初醒，榻旁守候的恆是她憂焚的眼神，以良藥、補品為我調理，說故事撫慰鎮日靜臥的寂寥心靈；拿起木梳打理我的亂髮：「趕快好起來，就可以上學了。」和煦的笑容伴隨渡過一百個春天。

返回家中，叮嚀還須靜心休養，領著我遍訪名醫，清晰地記得：那天，由診所出來，我躲在騎樓裡，雨勢嘈急、班班客滿急駛而過的計程車，眉心凝聚了焦急的母親在薄傘下伸長了頸子、使力揮著手。久久，見公車近站，她滿懷歉意奔來：「叫不到計程車，坐公車吧？」我點點頭，攬著我上車，擠了個位子讓我坐下，拿出小手巾輕擦我髮上的水花：「頭濕最容易著涼。」執意別取下圍脖，她拎著傘，肩褂皮包、手挽著我退下的厚外套，一路搖晃於擁塞窒悶的車廂；燈光昏暗不明，晃著搖著，睏倦的眼皮搭了下來，闔闔啟啟；她將傘緊貼腿側，褲邊濕成一片，雨滴落在自己的鞋上，順著雨滴往上看，母親閉目屹立，衣衫水痕遍覆，雨珠織成密網灑滿青絲，我拂去窗上濛霧，霧卻蒙上雙眼。

或由於我多病，課業上母親從不要求，但我也自發地未讓她耽心過。重考大學時，「放心盡心考，媽養妳到考上為止。」隔年榜上有名多應歸功於她。及後交友情事總在理還亂時逢其開解，我的不長大，讓她挺直腰桿強打起精神，若能成為她的依靠，她自然卸下千斤重負了。

清脆的剪聲，細碎髮絲紛落，「老了，什麼都留不住了。」母親黯淡喃語，我嘴裡安撫著，外婆遺留的牛骨月牙梳，在她稀薄的髮上輕輕地，和剪子化成永恆的絢爛。

「杏壇蒙羞　教師入獄——曾獲頒優良教師，現年六十五歲已退休的國中化學老師，涉嫌性侵女學生，遭學生家長提告，經受害當事人指認無誤，今由法院判刑入獄。」

社會新聞版面照片中的他面形枯槁、白髮叢生，在步入耄耋老叟之齡，必須扛起多少年種下的罪孽，禁錮於沉重的腳鐐踽踽獨行。時間之河慢慢流去，所有的歡聲、笑語、淚水與盼望，都一一收藏在記憶寶盒裡。這一路上，我親愛的姐妹是否滿盈愛意包裹傷痕的蓓蕾，等待綻放？

順著地址來到這處巷弄裡的一樓，基金會的招牌顯現，和接待人表明來意後，我進入了主任辦公室。此機構設立的庇護所，專案安置遭受家暴、性侵和從事性交易的婦女和少女，期待她們能安適心靈，並可照顧課業或接受職業訓練，將來返回學校、社會，重新找到自己的天空。

女孩們若學業成績不佳，失去成就感、榮譽感，容易自暴自棄，如果家庭又不穩固，這年齡的孩子會輕忽自我價值，草率地進入花花世界，一旦習慣自由的生活，再回復單純的本質需要無比的毅力。

小芸的母親十七歲未婚生子後和男友分手，將小芸交給外婆撫養，在特種營業場所上班。直到國中母親再婚，才將她接來團聚，相隔許久的親情已被隔代教養的祖孫情所代替，母親的關切、繼父的視如己出也消弭不了小芸冰封的心，已絕望的溫暖只渴望在異性身旁得到安慰。

像受了詛咒般步上母親後塵，高一時小芸將青澀純情投射於瀟灑的學長，罔顧母親的勸阻和有犯罪紀錄的學長輟學同居，輕狂之戀讓彼此沉淪，小芸為供男友毒品在網路援交時被查獲，初來會所時惦記男友，情緒不穩定，在諮商師陪伴下她漸適應生活，現已規律重拾課業，期盼未來半工半讀。

我默默看著檔案，在前任諮商師悉心照護下接手，主任交付，希望以我們作後盾，支持她回歸家庭，找到真正的幸福。

她緩緩走進懇談間，她的神色有些落寞，時光瞬間流回那段青澀歲月，茫茫然不知飄向何處的孤獨。

「妳好嗎？」

她輕微點點頭。

「妳們都對我很好。」她揚起臉，一雙眼睛清亮潔白：「為什麼？」

「每一個人都是獨一無二、無可取代的，都應該被珍惜。」

這張臉龐透著稚氣，令我感覺溫暖的是她的微笑，非常柔和，好像是說很樂意獲得我的重視，那個微笑對我來說是種鼓勵和安慰，更是莫大的肯定。

她的眼神深處彷彿隱藏著害怕而容易受傷的純真，和她面對面時，可以想像在那漫長的時光裡，缺憾的親情像冰冷的風不斷地掠過，訴說著無法改變的故事，直到心門深鎖，門外春暖的和風再也吹奏不起。

「想家嗎？」

她低下頭，抿著唇：「他們有妹妹就夠了。」

或許家的涵義對她說來很遙遠模糊，輕盈地沒有份量，乾涸的親情填補不了小芸內心的黑洞，青春時代常有種種不確定的幻想，這時的夢朦朧又憂傷，卻是一生中很美的樣貌，激藏的熱血只為愛情燃燒，似飛蛾勇敢地撲向火炬輝映青春的光芒。

小芸生而無父，母愛不及，後生的父親被拒進入她獨居的世界，而妹妹與生俱來的完整親情，怎不令她黯然歎息呢？她只想為生命找出口，為滿腹的美麗哀愁尋思，唯有如此才能證明自己真正活著啊！

我看著這雙閃爍透明光澤的眼睛，當內在傷痛到心已無法承受，再也無法喘息，自我彷彿被孤立在正常世界之外，是否用語言或表情構築一條通道，迎接別人走進妳的內心呢？

孩子，只要敞開心胸，思想會無遠弗屆，相信嗎？這個世界何其寬闊，包含了各式各樣故事，每一個都是不同的，有美妙就有失落、有雀躍就會有哀傷，如此圓融在一個世界中，這就是完滿啊！能體會嗎？歡喜讓人愉悅，傷痛卻令我們堅韌啊，若只是微風雨露妝點的小草，怎能成為經得起狂風怒號而巍然聳立的巨樹呢？人最動人的本質又如何顯耀呢？

「下次家人見面時微笑吧！」握起她的手，她臉上有一股恬淡美好的感覺，是放鬆之後的觸動另一種情感，這特別的情感彷彿在引領進入她的祕密花園。

天暗了，秋天來了，時間的腳步印在每一個季節，是那麼抽象又如此清晰，黃昏橙色的光芒，似溫水一般，浸潤了我稍疲倦的身體，我深切地感受到一股平靜的躍動自心靈深處不斷湧出來。微帶涼意的天空中，開始閃出幾顆星星，沉入回憶的心，變柔軟了。愛，是什麼樣的感覺？有一點疼痛、悲傷和溫暖，回憶的足，踩在那一個已經過去的故事裡。

青春在靈魂的深處不斷燃燒，痛苦而不願放棄的痴執，緊緊握住那餘燼似的愛。有很多的痛苦、很多的寂寞與等待，但沒有遺憾和悔恨，所有的煎熬都會在成熟的歷程裡化為欣然的甜蜜。

夕陽慢慢向天際交界處滑去，天空的顏色漸漸變深，白日裡所有的慾望和掙扎都歸入含蓄，黑暗寧靜想念相擁而來。霓彩斑斕中群雁劃過天空，我望向燈火璀璨的街道，今晚誰又在高樓輕唱屬於這個城市的聲音呢？

跋

生命的過往所歷經的人事，
美善的、醜惡的，我都欣賞並且感謝。
愛是人世間最偉大的力量，
謝謝我親愛的家人，
你們的愛一路陪著我，
毫不猶豫、從不撤離，
讓我有勇氣尋回初始，關照自己。

首先要感謝中國文藝協會王吉隆理事長，
王老師是一位內蘊豐富的詩人，
更是一位提攜後進的恩師，
他的愛護使本書得以出版，非常感謝他。

謝謝我的好友梁雄英醫生，
在我寫作路上般切指導，
在我沮喪時從不吝給我溫暖；
謝謝我的摯友正芳、鳳珍、育修、育真、麗娟、小婷，
在我孤獨時聽我傾訴。

在此特別感謝政大陳文玲老師，
拜讀您的大作，令我心有所感，對我完成此書啟益甚大。

最後要感對我的先生，
他給我最大的壓力和最好的建言，
幾度勸我放棄此異類小說，
但也叮嚀我注重精神層面的描寫，
他是個藝術家，
作曲、畫畫、寫詩，
他也是園藝家，

為我建造了世上獨一無二的「心夢湖」，

為我在沿湖植了繽紛花朵，

他是我心中的大師，

是我的靈魂伴侶，

更是我心靈的依泊，

非常感謝他讓我懂得如何愛他。

這一生我只想和愛的人牽手，一起走長長的路。

釀小說77　PG1531

乘著光的翅膀

作　　者　陳　零
責任編輯　林世玲
圖文排版　周妤靜
封面設計　王嵩賀

出版策劃　釀出版
製作發行　秀威資訊科技股份有限公司
114 台北市內湖區瑞光路76巷65號1樓
電話：+886-2-2796-3638　傳真：+886-2-2796-1377
服務信箱：service@showwe.com.tw
http://www.showwe.com.tw
郵政劃撥　19563868　戶名：秀威資訊科技股份有限公司
展售門市　國家書店【松江門市】
104 台北市中山區松江路209號1樓
電話：+886-2-2518-0207　傳真：+886-2-2518-0778
網路訂購　秀威網路書店：http://www.bodbooks.com.tw
國家網路書店：http://www.govbooks.com.tw
法律顧問　毛國樑　律師
總 經 銷　聯合發行股份有限公司
231新北市新店區寶橋路235巷6弄6號4F
電話：+886-2-2917-8022　傳真：+886-2-2915-6275

出版日期　2016年4月　BOD一版
定　　價　230元

版權所有・翻印必究（本書如有缺頁、破損或裝訂錯誤，請寄回更換）
Copyright © 2016 by Showwe Information Co., Ltd.
All Rights Reserved

Printed in Taiwan

國家圖書館出版品預行編目

乘著光的翅膀 / 陳零著. -- 一版. -- 臺北市 : 釀出版, 2016.04
面 ;　公分. -- (釀小說 ; 77)
BOD版
ISBN 978-986-445-091-6(平裝)

857.7　　105001608

讀者回函卡

感謝您購買本書，為提升服務品質，請填妥以下資料，將讀者回函卡直接寄回或傳真本公司，收到您的寶貴意見後，我們會收藏記錄及檢討，謝謝！

如您需要了解本公司最新出版書目、購書優惠或企劃活動，歡迎您上網查詢或下載相關資料：http:// www.showwe.com.tw

您購買的書名：＿＿＿＿＿＿＿＿＿＿＿＿＿＿＿＿＿＿

出生日期：＿＿＿＿年＿＿＿＿月＿＿＿＿日

學歷：□高中（含）以下　□大專　□研究所（含）以上

職業：□製造業　□金融業　□資訊業　□軍警　□傳播業　□自由業

□服務業　□公務員　□教職　□學生　□家管　□其它＿＿＿

購書地點：□網路書店　□實體書店　□書展　□郵購　□贈閱　□其他

您從何得知本書的消息？

□網路書店　□實體書店　□網路搜尋　□電子報　□書訊　□雜誌

□傳播媒體　□親友推薦　□網站推薦　□部落格　□其他＿＿＿＿＿

您對本書的評價：（請填代號　1.非常滿意　2.滿意　3.尚可　4.再改進）

封面設計＿＿　版面編排＿＿　內容＿＿　文／譯筆＿＿　價格＿＿

讀完書後您覺得：

□很有收穫　□有收穫　□收穫不多　□沒收穫

對我們的建議：＿＿＿＿＿＿＿＿＿＿＿＿＿＿＿＿＿＿

＿＿＿＿＿＿＿＿＿＿＿＿＿＿＿＿＿＿＿＿＿＿＿＿

＿＿＿＿＿＿＿＿＿＿＿＿＿＿＿＿＿＿＿＿＿＿＿＿

＿＿＿＿＿＿＿＿＿＿＿＿＿＿＿＿＿＿＿＿＿＿＿＿

請貼
郵票

11466
台北市内湖區瑞光路 76 巷 65 號 1 樓

秀威資訊科技股份有限公司 收

BOD 數位出版事業部

（請沿線對折寄回，謝謝！）

姓　　名：＿＿＿＿＿＿＿＿　年齡：＿＿＿＿　性別：□女　□男

郵遞區號：□□□□□

地　　址：＿＿＿＿＿＿＿＿＿＿＿＿＿＿＿＿

聯絡電話：（日）＿＿＿＿＿＿＿＿（夜）＿＿＿＿＿＿＿＿

E-mail：＿＿＿＿＿＿＿＿＿＿＿＿＿＿＿＿